歷代全集叢刊／張印棟主編

歐陽文忠公全集

十八種附一種

（第四册）

（宋）歐陽修　撰

河南人民出版社

外集目録

卷第一　西京作起天聖九年盡明道二年

樂府

古詩

天池　三醉石

峻極寺　中峯

初秋普明寺竹林小飲餞梅聖俞分韻得亭皐木葉下　明道元年

和謝學士泛伊川浩然無歸意因詠劉長卿佳句作欲留篇之什　同前

戲書呈學士三丈

和楊子聰答聖俞月夜見寄

謝人寄雙桂樹子　明道二年

雨中獨酌二首

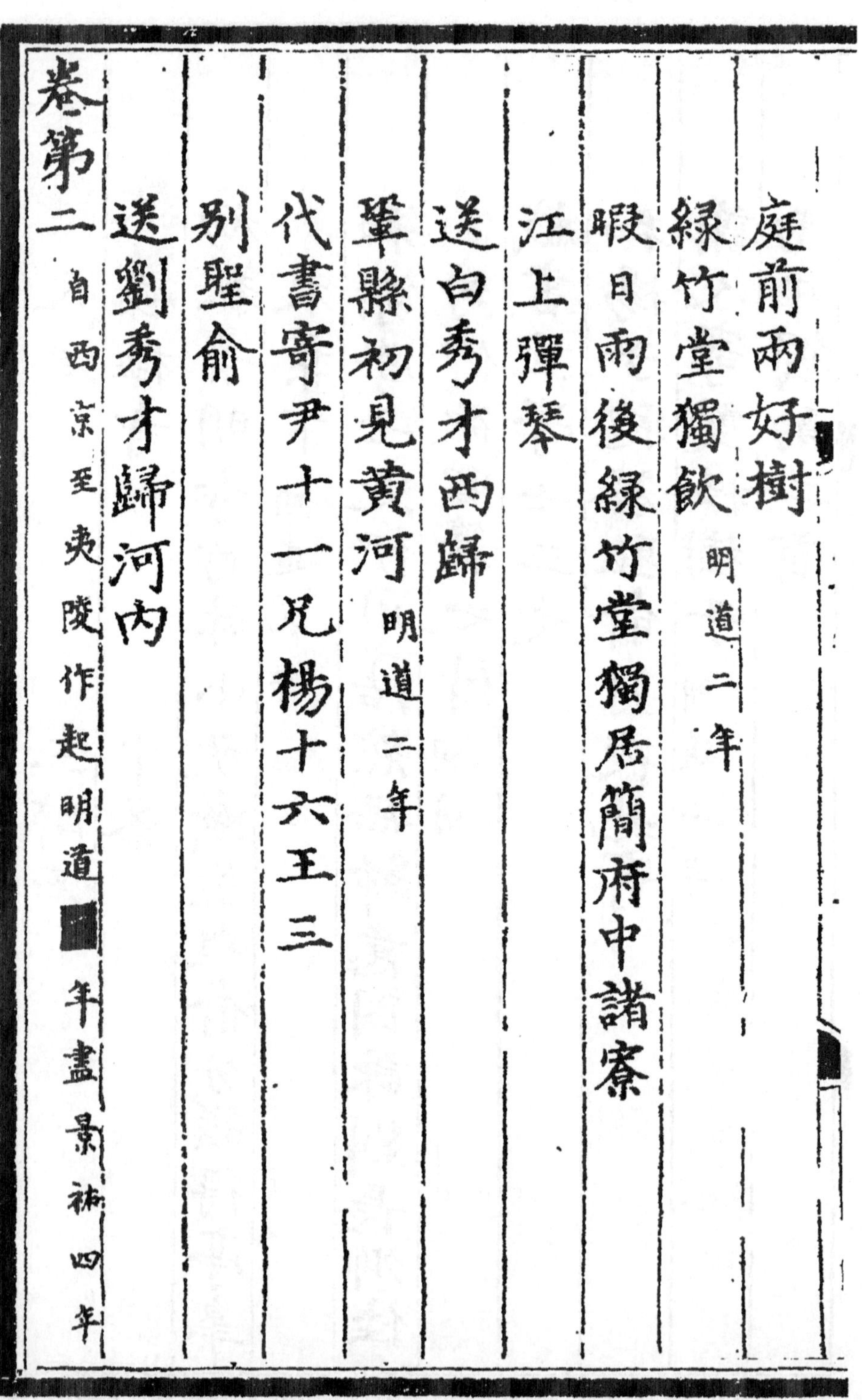

庭前兩好樹

緑竹堂獨飲 明道二年

暇日雨後緑竹堂獨居簡府中諸寮

江上彈琴

送白秀才西歸

鞏縣初見黄河 明道二年

代書寄尹十一兄楊十六王三

別聖俞

送劉秀才歸河内

卷第二 自西京至夷陵作起明道[illegible]年盡景祐四年

古詩

數詩

答錢寺丞憶伊川

書懷感事寄梅聖俞景祐元年

雜言答聖俞見寄兼簡東京諸友

聞梅二授德興令戲書

戲贈

寄左軍巡劉判官

罷官後初還襄城弊居述懷十韻回寄洛中舊

僚

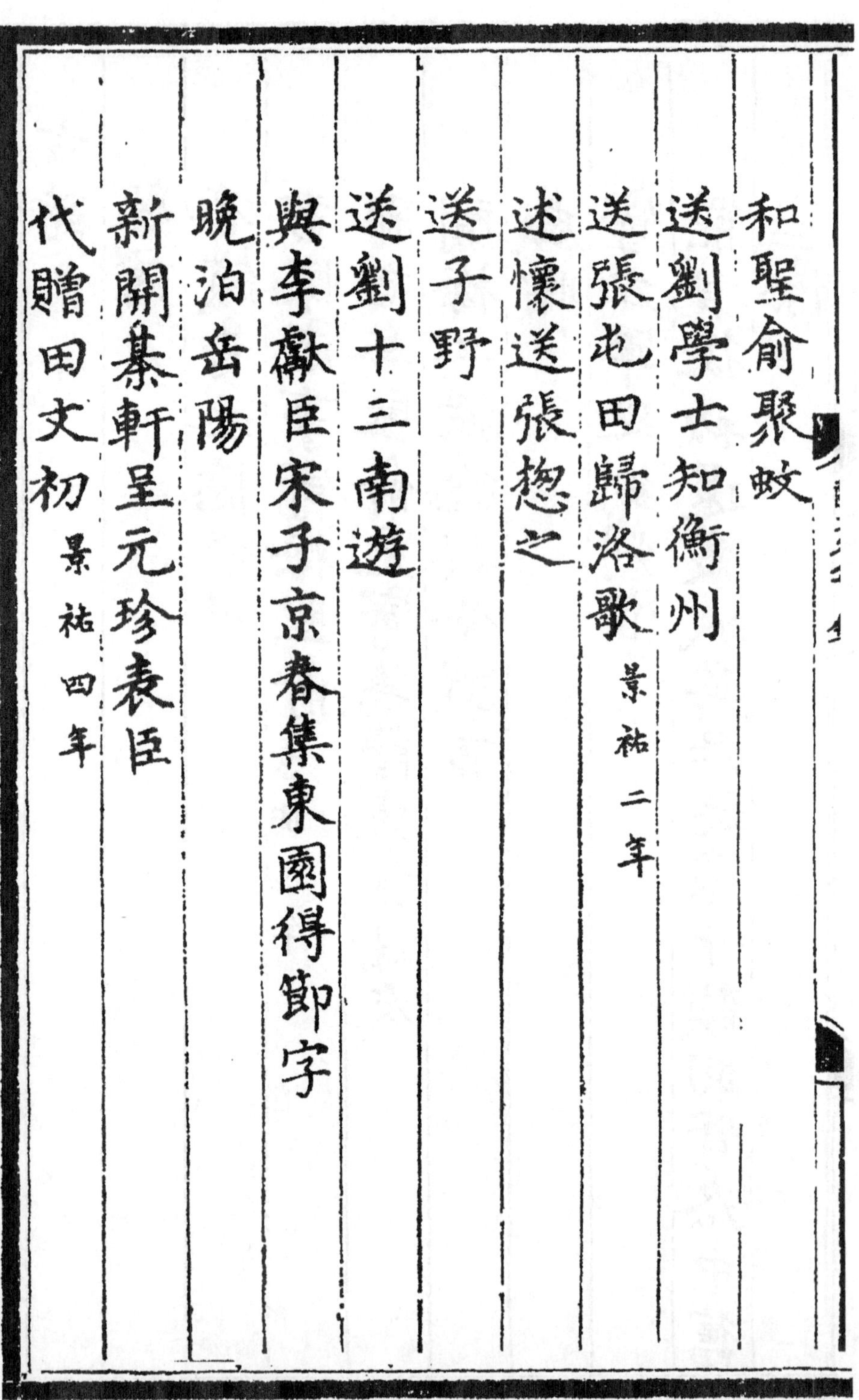

和聖俞聚蚊

送劉學士知衡州

送張屯田歸洛歌 景祐二年

述懷送張揔之

送子野

送劉十三南遊

與李獻臣宋子京春集東園得節字

晚泊岳陽

新開棊軒呈元珍表臣

代贈田文初 景祐四年

卷第三 自乾德至滁州作起寶元元年盡慶曆八年

古詩

南獠 寶元元年

寄聖俞

答梅聖俞寺丞見寄 寶元二年

酬聖俞朔風見寄

送琴僧知白 寶元二年

聽平戎操

書宜城修木渠記後奉呈朱寺丞

谷正至始得先所寄書及詩不勝喜慰因書數韻奉酬聖俞 康定元年

答梅聖俞

病中聞梅二南歸

送智蟾上人遊天台

送徐生秀州法曹

讀山海經圖

依韻和聖俞見寄

晏太尉西園賀雪歌 慶曆元年

送吳照鄰還江南

答朱寀捕蝗 慶曆二年

答蘇子美離京見寄

立秋有感寄子美

喜雪示徐生

賦竹上甘露

和對雪憶梅花

歸鴈亭 慶曆三年

送韓子華

送李太傅知冀州

石篆 慶曆五年

題滁州醉翁亭 慶曆六年

贈學者

卷第四 自知潁州至歸潁州作起皇祐元年盡熙寧五年

古詩 聯句附

和人三橋

初夏劉氏竹林小飲

眼有黑花戲書自遣

送朱生

雪皇祐二年

雪晴

琴高魚嘉祐三年

竹間亭

箕山

西園

白兗 至和二年

勉劉申

壽樓

試院聞奚琴作

乞藥有感呈梅聖俞 嘉祐五年

擬剥啄行寄趙少師 熙寧五年

絶句 同前

聯句

冬夕小齋聯句寄梅聖俞 康定元年

劒聯句 慶曆三年 鶴聯句 同前

來鸞堂與趙叔平王禹玉王原叔韓子華聯句 續添

卷第五 未第時及西京作天聖明道間

律詩

漢宫

送劉半千平陽簿

樓頭

夕照

送張學士知郢州

曉詠

禁火

送趙山人歸舊山

閑居即事

傷春

公子

夜意

寄張至祕挍

寄徐巽秀才

寄劉昉秀才

送客回馬上作

西征道中送陳舅秀才

送日

即目

南征道寄相送者

楚澤

題金山寺

送竇秀才

旅思

仙意

聞朱祠部罷潯州歸闕

勸征

鄭駕部射圃

甘露寺

送友人南下

高樓

榴花

宿雲夢館

鸜鵒

簾

行雲

琵琶亭上竹

柳

卷第六 自西京至京師作起明道元年盡至和二年

律詩

雙桂樓 明道元年

題張應之縣齋

和梅聖俞杏花

餞相中伏日池亭宴會分韻

送辛判官

叢翠亭

賀九龍廟祈雪有應

早春南征寄洛中諸友 明道二年

花山寒食

寒食值雨

寄謝晏尚書二絶句

留守相公移鎮漢東

寄聖俞

紫舍人金霞閣

送王公慥判官

伊川獨遊景祐元年

遊彭城公白蓮莊

晉明院避暑

送髙君先輩還家

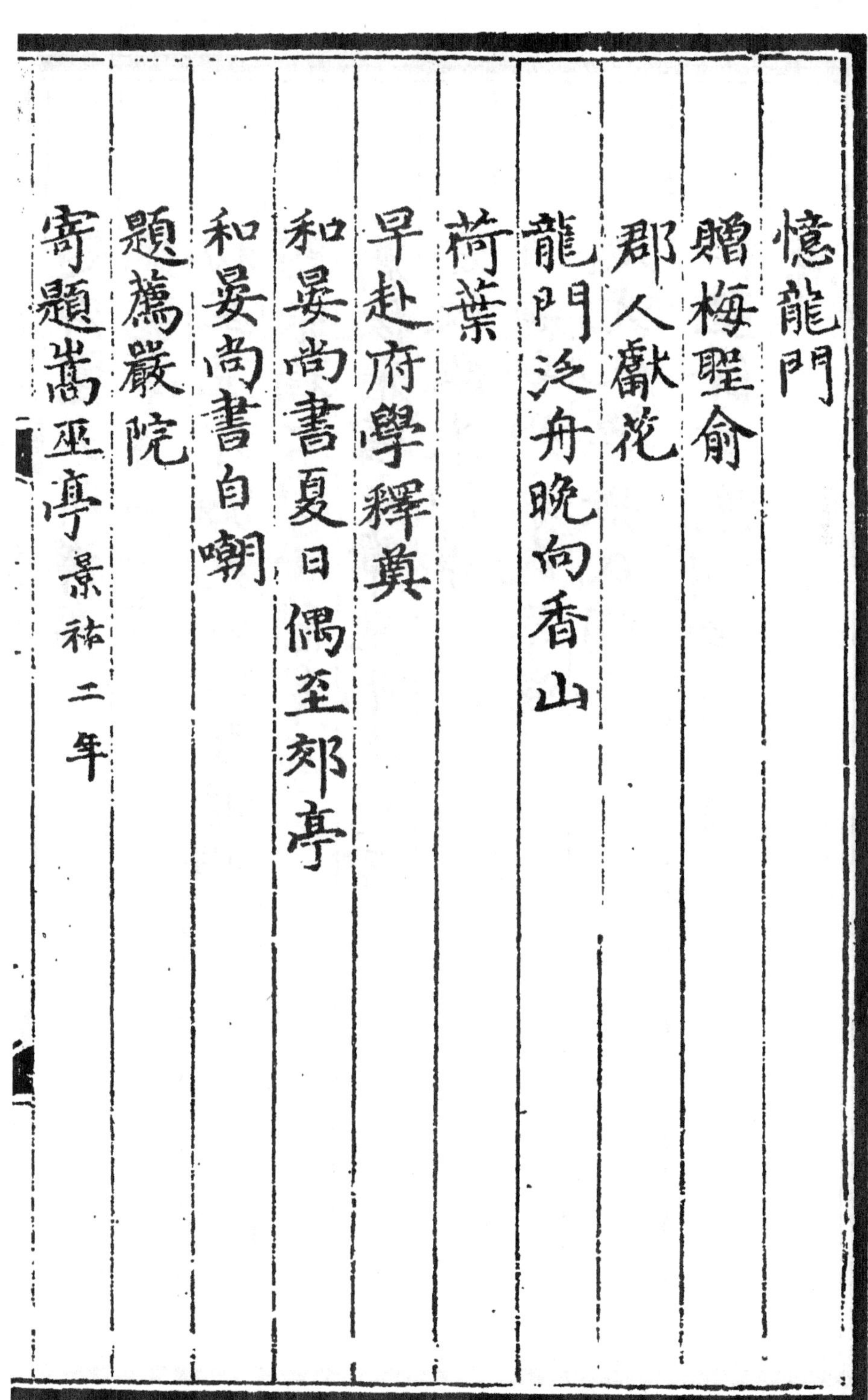

憶龍門

贈梅聖俞

郡人獻花

龍門泛舟晚向香山

荷葉

早赴府學釋奠

和晏尚書夏日偶至郊亭

和晏尚書自嘲

題薦嚴院

寄題嵩巫亭景祐二年

題淨慧大師禪齋

琵琶亭景祐三年

初至虎牙灘見江山類龍門

題張損之學士蘭皋亭

霽後看雪走筆呈元珍判官

送致政朱郎中

留題安州朱氏草堂

題光化軍張氏園亭

和聖俞百花洲寶元二年

魚

月

悵子

歸襄城弊居

和晏尚書對雪招飲慶曆元年

歸鴈亭絶句慶曆三年

送黄通之郎鄉

秋日與諸君馬頭山登高

送楊君歸漢上

後潭遊船見岸上看者有感慶曆五年

春日獨居

得滕岳陽書大誇湖山之美郡署物甚野其意有戀着之趣作詩一百四十言以寄且警激之

幽谷種花洗山

鷺鷥

贈歌者慶曆八年

初春

送田處士

行次壽州

答呂太傅賞雙蓮皇祐元年

酬孫延仲龍圖

常州張卿養素堂

西湖泛舟呈運使學士張掞

去思堂會飲得春字

太傅相公入陪大祀以疾不行優詔俞允發於感遇紀以佳篇小子不揆輒亦課成拙詩一首皇祐二年

寄子春發運待制

答許發運見寄

贈廬山僧居訥

過塞二首 至和元年

晏元獻公挽詩三首 至和二年

酬滑州公儀龍圖見寄

卷第七 自京師至歸潁作起嘉祐元年盡熙寧五年

律詩

贈王介甫 嘉祐元年

蘇才翁挽詩二首

送石揚休還蜀

和景仁試明經大義多不通有感 嘉祐二年

和公儀試進士終場有作

鷹

鶻

原父致齋集禧余亦攝事後廟謹呈拙句兼簡

聖俞嘉祐四年

祕書丞陳動之挽詞二首

奉和劉舍人初雪

暮春書事呈四舍人

荷葉

小池

釣者

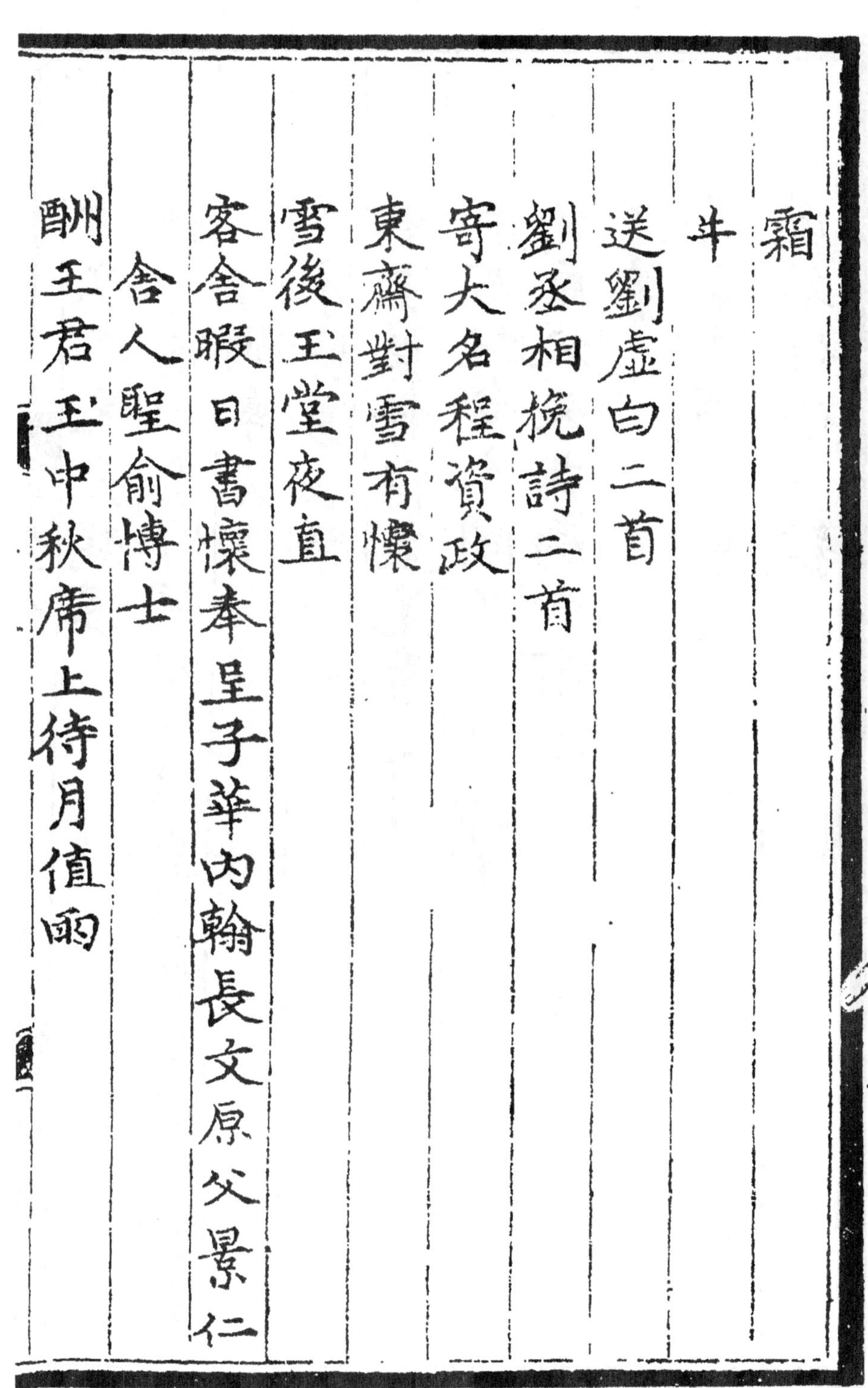

霜

牛

送劉虛白二首

劉丞相挽詩二首

寄大名程資政

東齋對雪有懷

雪後玉堂夜直

客舍暇日書懷奉呈子華内翰長文原父景仁舍人聖俞博士

酬王君玉中秋席上待月值雨

中秋不見月閙客

張仲通示墨竹嗣以佳篇豈勝欽玩聊以四韻

仰酬厚貺

奉寄襄陽張學士兄

奉答聖俞宿直見寄之什

和原父舍人閣下午寢歸有作

聞原父久在病告有感

試筆

齋宮感事寄原父

戲答仲儀口號

觀龍圖閣三聖御書應制 嘉祐七年

題東閣後集 熙寧二年

日長偶書

寄答王仲儀太尉 熙寧三年

解官後答韓魏公見寄 熙寧四年

題杜祁公祠堂

答端明王尚書見寄兼簡景仁文裕二侍郎二首

寄題景純藏春塢新居

會老堂 熙寧五年

叔平少師去後會老堂獨坐偶成

退居述懷寄北京韓侍中

贈潘道士

答樞密吳給事充見寄

答判班孫待制見寄　初夏西湖

寄河陽王宣徽　寄韓子華熙寧四年

戲劉原甫已下續添

和子履遊泗上雍家園

卷第八

古賦

紅鸚鵡賦 明道元年

述夢賦 明道二年

荷花賦

螟蠕賦

辭

啄木辭

哭女師 慶曆五年

頌

會聖宫頌 天聖九年

賛

卷第九

卷第十

卷第十一

卷第十二

墓誌銘　墓表　石槨銘

卷第十三

記

養魚記
游鯈亭記 景祐五年
淅川縣興化寺廊記 明道二年
湘潭縣修藥師院佛殿記 景祐三年
偃虹隄記 慶曆六年
大明水記 慶曆八年
孫氏碑陰記 皇祐三年
三琴記 嘉祐七年　吉州學記 續添

卷第十四

序

仁宗御集序 治平二年

送方希則序 天聖八年

送陳經秀才序 明道元年

送楊子聰户曹序 明道二年

送廖倚歸衡山序 同前

送梅聖俞歸河陽序 明道元年

張應之字序

尹子漸字序

胡子畏字序

送陳子履赴絳州翼城序 皇祐二年

卷第十五

序

卷第十六

書

投時相同前

卷第十七

書

與范希文景祐元年

代人上王樞密求先集序同前

代楊推官洎上呂相公同前

與黄校書論文章

與高司諫景祐三年

與尹師魯同前

第二同前

卷第十八

書

與王源叔問古碑字寶元元年

與刁景純寶元三年

與陳負外康定元年

答祖擇之

與田元均論財計皇祐三年

答徐無黨

又慶曆三年

與陳之方

卷第十九

書

答宋咸 至和三年

與集賢杜相公 慶曆四年

答李大臨 皇祐二年

答陳知明 同前

與王深甫論世譜

與王深甫論裴公碣 嘉祐八年

又 同前

與王深甫論五代張憲 皇祐 年

又 同前

與王深甫問五月一日會朝

與杜訢論祁公墓誌 嘉祐二年

卷第二十

齋文

順祖惠元睿明皇帝忌辰齋文

祭文

祭沙山太守祈晴文 皇祐五年

祭五龍祈雨文 寶元元年

祈晴文

祭東嶽文 熙寧四年

祭金城夫人文 皇祐五年

祭王深甫文 治平二年

譜圖
歐陽氏譜圖　熙寧二年
卷第二十二
譜
硯譜
記
洛陽牡丹記　景祐元年
花品序
花釋名
風俗記

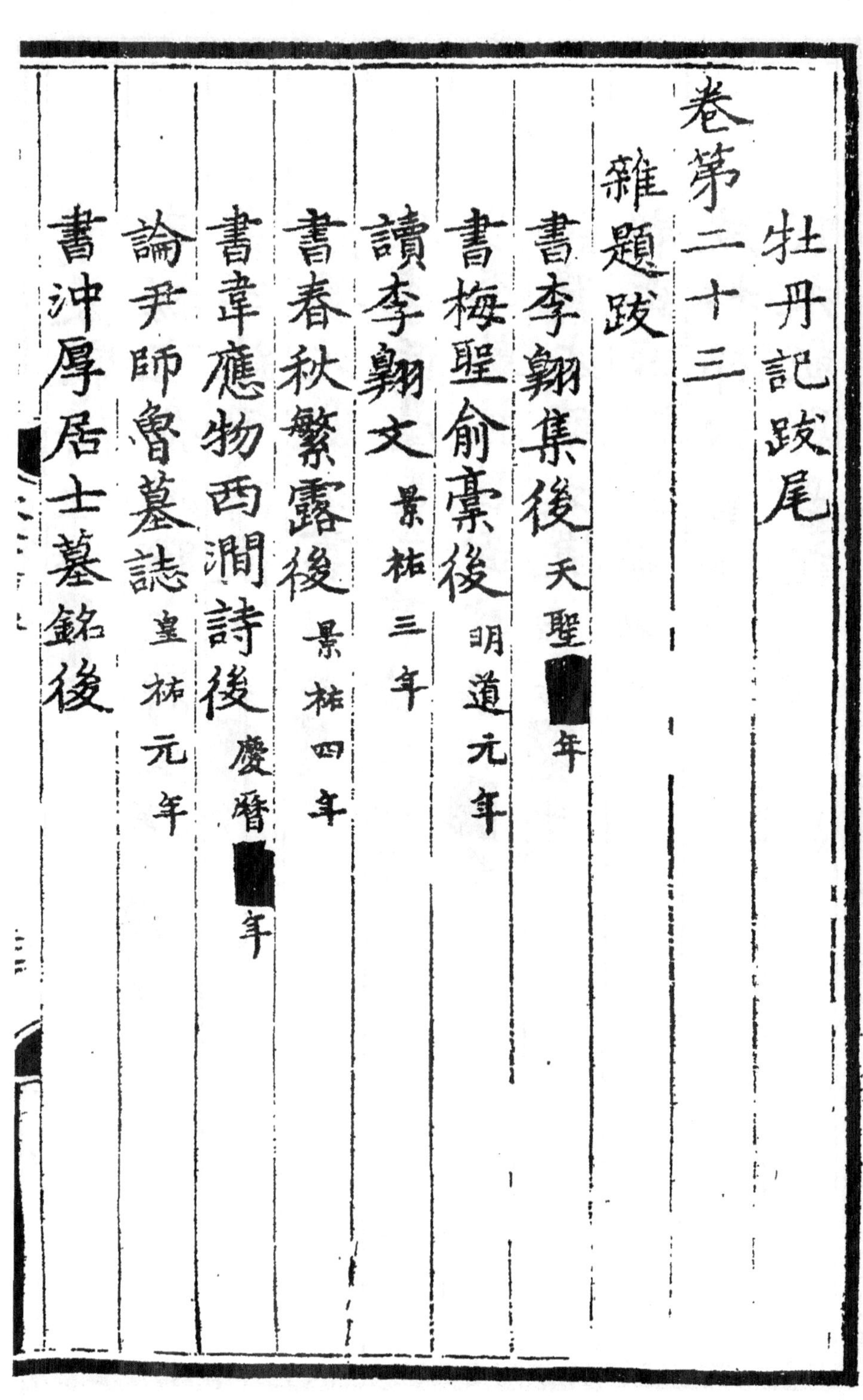

牡丹記跋尾

卷第二十三

雜題跋

書李翺集後 天聖[illegible]年

書梅聖俞稾後 明道元年

讀李翺文 景祐三年

書春秋繁露後 景祐四年

書韋應物西澗詩後 慶曆[illegible]年

論尹師魯墓誌 皇祐元年

書沖厚居士墓銘後

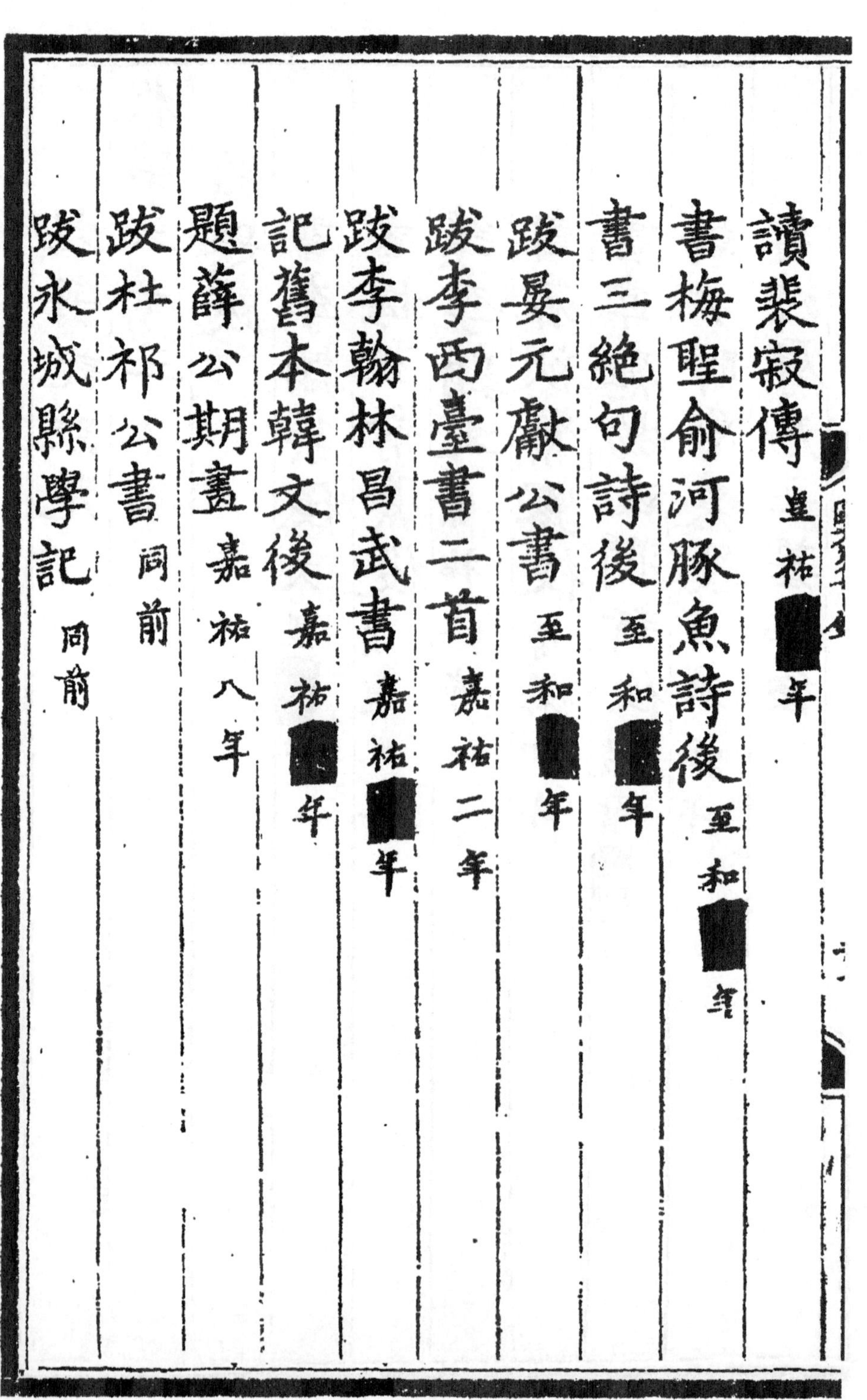

讀裴寂傳 皇祐■年

書梅聖俞河豚魚詩後 至和■年

書三絶句詩後 至和■年

跋晏元獻公書 至和■年

跋李西臺書二首 嘉祐二年

跋李翰林昌武書 嘉祐■年

記舊本韓文後 嘉祐■年

題薛公期畫 嘉祐八年

跋杜祁公書 同前

跋永城縣學記 同前

書荔枝譜後同前

跋學士院題名同前

跋茶録治平元年

跋觀文王尚書舉正書同前

跋學士院御詩同前

跋薛簡肅公奎書治平四年

跋醉翁吟熙寧三年

題青州山齋同前

跋三絶帖熙寧五年

卷第二十四

近體賦　官題詩賦

進擬御試應天以實不以文賦　并因狀　慶曆二年

監試玉不琢不成器賦　天聖七年

國學試人主之尊如堂賦　同前

詔重修太學詩　同前

省試司空掌輿地圖賦　天聖八年

翠旌詩　同前

殿試藏珠於淵賦　同前

博愛無私詩　闕

賞以春夏賦

畏天者保其國賦

斲雕爲樸賦

祭先河而後海賦

大匠誨人以規矩賦

魯秉周禮所以本賦 已下續添

秋獮詩

卷第二十五

論

殿試儒者可與守成論 闕

三皇設官民不違論

賈誼不至公卿論

夫子罕言利命仁論

策

南省試策五首 天聖八年

國學試策三首 天聖七年

外集卷第一　　歐陽文忠公集五十一

樂府

擬玉臺體七首

欲眠

行人夜已斷明河南陌頭雙璫不擬解更欲要君留

攜手曲

落日堤上行獨歌攜手曲却憶攜手人處處春華緑

雨中歸

朝看樓上雲日暮城南雨路遠香車遲迢迢向何所

別後

連環結連帶贈君情不忘暫别莫言易一夕九回腸

夜夜曲

浮雲吐明月流影玉堦陰千里雖共照安知夜夜心

落日窻中坐

朝聞驚禽去日暮見禽歸瑶琴坐不理含情後爲一作與誰

領邊繡

雙鸞刺繡領簶爛五文章暫近已復遠猶持歌扇障

古詩一

七交七首

河南府張推官

堯夫大雅哲禀德實温粹霜筠秀含潤玉海湛無際平明坐大府官事盈案几高談遣放紛外物不能累非惟席上珍乃是青雲器

尹書記

師魯天下才神鋒凜豪儁逸驥臥秋櫪意在騤騤迅平居弄翰墨揮酒不停瞬談笑帝王略驅馳古今論良工正求玉片石胡爲韞

楊户曹

子聰江山禀弱歲擅奇譽盱衡恣文辯落筆妙言語

胡爲冉冉趨，三十滯公府。美璞思善價，浮雲有遠路。
大雅惡速成，俟命宜希古。

梅主簿

聖俞翹楚才，乃是東南秀。玉山高岑岑，映我覺形陋。
離騷喻草香，詩人識鳥獸。城中爭擁鼻，欲學不能就。
平日禮文賢，寧久滯奔走。

張判官

洛城車隆隆，曉門爭道入。連袂紛如帷，文者豈無十。
壯矣張太素，拂羽擇其集。遠慕鄭才子，一笑憐相挹。
雖有軒與冕，攀翔莫能及。人將執君手，盡視其遊執。

王秀才

幾道類之徒沈深務覃思采藻薦良璧文潤相輝映
入市羊駕車談道犀爲柄時時一文出往往紙價盛
無爲戀丘樊遂滯蒲輪聘

自敘

余本漫浪者茲亦漫爲官胡然類鴟夷託載隨車轅
時士不俛眉默默誰與言賴有洛中俊日許相躋攀
飲德醉醇酎襲馨佩春蘭平時罷軍檄文酒聊相歡

答楊闢（一作子靜）喜（一作祈）雨長句

吾聞陰陽在天地升降上下無時窮環回不得不差

失所以歲時無常豐古之爲政知若此均節收斂勤人功三年必有一年食九歲（一作年）常備三歲（一作年）凶縱令水旱或（一作忽）時遇以多補少能相通令者吏愚不善政民亦游惰離於農軍國賦斂急星火兼并奉養過王公終年之耕幸一熟聚而耗者多於蠶是以比歲屢（一作累）登稔然而民室常虛空遂令一時暫一作遭不雨輒以困急號天翁（一作公）賴天閔民不責吏甘澤（一作澍）涼布何其濃農當勉力吏當愧敢不酌酒澆神龍

嵩山十二首

公路澗

驅馬渡寒流斷澗横荒堡樸危欲欹岸花落多依草
擊汰翫游儵倒影看飛鳥留連愛芳杜漸下四峯照

拜馬澗

昔聞王子晉把袂浮丘仙金駿於此墮吹笙不復還
玉蹄無迹久澗草但荒煙

二室道

二室對岧嶢群峯聳峭直雲隨高下起路轉參差碧
春晚桂叢深日下山煙白芝英已可茹悠然想泉石

自峻極中院步登太室中峯

繫馬青松陰躡蹝蒼崖路驚鳥動林花空山答人語
雲霞不可攬直入冥冥霧

玉女窗

玉女不可邀蒼崖鬱岧直石乳滴空竇仰見泬寥碧
徙倚難久留桂樹含春色

玉女擣衣石

玉女擣仙衣夜下青松嶺山深風露寒月杵遥相應
靈蹤杳可尋片石秋光瑩

天門

石徑方盤紆雙峯忽中斷呀豁青冥間畜泄煙雲亂

杉蘿試舉手，自可階天漢。

天門泉（舊號救命泉，惡其名鄙，因取美名書爲續命泉，人書一字立于泉側）

煙霞天門深，靈泉吐巖側。雲濕顏氣寒，石老林腴碧。長松暫休坐，一酌煩心滌。

天池

高步登天池，靈源湛然吐。俯窺不可見，淵默神龍護。靜夜天（一作松）籟寒，宿客疑風雨。

三醉石（三醉石在八仙壇上，南臨巨崖，峯岫迤邐，蒼煙白雲鬱鬱在下，物外之適。相與酣酌，坐石歌醉，似非人間。因索筆目梅壁俞書三醉字於石上，而三人者又各題其姓名而刻之）

拂石登古壇曠懷聊共醉雲霞伴酣樂忽在千峯外坐久還自醒日落松聲起

峻極寺

路入石門見蒼蒼深靄間雲生石砌潤木老天風寒客來依返照徙倚聽山蟬

中峯

望望不可到行行何歷盤一逕林杪出千巖雲下看煙嵐半明滅落照在峯端

初秋普明寺竹林小飲餞梅壓俞分韻得亭

皐木葉下五首

臨水復歌石陶然同醉醒山霞坐未斂池月來亭亭

洛城風日美秋色滿衡臯誰同茂林下掃葉酌松醪

野水竹間清秋山酒中緑送子此酣歌淮南應落木

勸客芙蓉盃欲搴芙蓉葉垂楊礙行舟演漾回輕檝

山水日已佳登臨同上下衰蘭尚可採欲贈離居者

和謝學士泛伊川浩然無歸意因詠劉長卿

佳句作欲留篇之什

久不見南山依然已秋色悠哉川上行復邀城中客

木落山半空川明潦尤積飛鳥鑑中看行雲舟中白

夷猶白蘋裏笑傲清風側極浦追所遠回峯高易夕

觴詠共留連高懷追昔賢惟應謝公興不減向臨川

戲書拜呈學士三丈

淵明本嗜酒一錢常不持人邀輒就飲酩酊籃輿歸

歸來步三徑索寞繞東籬詠句把黄菊望門逢白衣

欣然復坐酌獨醉卧斜暉

和楊子聰答聖俞月夜見寄

秋露藹已繁迢迢星漢回皎潔庭際月流光依井莒

有客愛涼景幽軒爲君開所思不可極但慰清風來

謝人寄雙桂樹子

有客賞芳叢移根自幽谷爲懷山中趣愛此嵓下緑

曉露秋蟬浮清陰藥欄曲更待繁花白邀君弄芳馥

雨中獨酌二首

老大世情薄掩關外郊原英英少年子誰肯過我門

宿雲也朝陰暑雨清北軒逍遥一罇酒此意誰與論

酒味正薰烈吾心方浩然鳴禽時一弄如與古人言

幽居草木深蒙籠蔽窻户鳥語知天陰蛙鳴識天雨

亦復命罇酒欣兹却煩暑人情貴自適獨樂非鍾鼓

出門何所之閉門誰我顧

庭前兩好樹

庭前兩好樹日夕欣相對風霜歲若晚枝葉常葱翠

午眠背清陰露坐蔭高蓋東城桃李月車馬傾闤闠而我不出門依然伴憔悴榮華不隨時寂寞幸相慰君子固有常小人多變態

綠竹堂獨飲

夏篁解籜陰加樛臥齋公退無喧囂清和況復值佳月翠樹好鳥鳴咬咬芳罇有酒美可酌胡爲欲飲先長謠人生暫別客秦楚尚欲泣淚相攀邀況茲一訣乃永已獨使幽夢恨蓬蒿憶予驅馬別家去去時柳陌東風高楚鄉留滯一千里歸來落盡李與桃殘花不共一日看東風送哭聲嗷嗷洛池不見青春色白

楊但有風蕭蕭姚黄魏紫開次第不覺成恨俱零凋
榴花最晚今又拆紅緑點綴如裙腰年芳轉新物轉
好逝者日與生期遙予生本是少年氣瑳磨牙角爭
雄豪馬遷班固洎歆向下筆點竄皆嘲嘈客來共坐
説今古紛紛落盡玉麈毛彎弓或擬射石虎又欲醉
斬荆江蛟自言剛氣貯心腹何爾柔軟爲脂膏吾聞
莊生善齊物平日吐論奇牙聱憂從中來不自遣强
叩尾缶何譊譊伊人達者尚乃爾情之所鍾况吾曹
愁填胷中若山積雖欲强飲如沃焦乃判　疑自古英
壯氣不有此恨如何消又聞浮屠説生死滅没謂若

夢幻泡前有萬古後萬世其中一世獨虯蟧安得獨

洒一榻淚欲助河水增滔滔古來此事無可奈不如

飲此罇中醪

暇日雨後緑竹堂獨居無簡府中諸僚

新晴竹林茂日夕愛此君佳禽哢翠樹若與幽人親

掃徑緑苔静引流清派分開軒見遠岫欹枕送歸雲

桐槿漸秋意琴觴懷友文浩然滄洲思日厭京洛塵

車騎方開府梁王多上賓平時罷飛檄行樂喜從軍

騎省悼亡後漳濵多病身南窻若可傲方事陶潛巾

江上彈琴

江水深無聲，江雲夜不明。抱琴舟上彈，棲鳥林中驚。遊魚爲跳躍，山風助清泠。境寂聽愈真，絃舒心已平。用玆有道器，寄此無景情。經緯文章合，諧（一作調）和雌雄鳴。颯颯騷風雨，隆隆隱雷霆。無射變凜冽，黃鐘催發生。詠歌文王雅，怨刺離騷經。二典意澹薄，三盤語丁寧。琴聲雖可狀，琴意誰可聽。

送白秀才西歸

白子來自西，投我文與書。升階揖讓席，言氣温且舒。萬轍走聲利，獨趨仁義塗。仁義荒已久，斤鋤費耕除。吾常患力寡，欣子好古徒。終當竭其力，剗治爲通衢。

旗旄侍天子安駕五輅車盡驅天子疑民垂白歌其隅子其從我游有志知何如

犖縣初見黃河

河決三門合四水徑流萬里東輸海犖洛之山夾而峙河來齧山作沙觜山形迤邐若奔避河益洶洶怒而詈舟師弭檝不以帆頃刻奔過不及視舞波淵旋投沙渚聚沫倏忽爲平地下窺莫測濁且深癡龍怪魚肆憑恃我生居南不識河但見禹貢書之記其言河狀鉅且猛驗河質書信皆是昔者帝堯與帝舜有子朱商不堪嗣皇天意欲開禹聖以水病堯民以潰

堯愁下人瘦若腊衆臣薦鯀帝曰試試之九載功不効
遂殛羽山懃而覺禹羞父罪哀且勤天始以書畀於姒
書曰五行水潤下禹得其術因而治鑿山疏流浚畎澮
分擘枝派有條理萬邦入貢九州宅生人始免生鱗尾
功深德大夏以家施及三代蒙其利江海淮濟洎漢沔
豈不浩渺汪而大权波卷怒畏威德萬古不敢肆凶慝
惟兹濁流不可律歷自秦漢尤爲害崩堅決壅勢益横
斜跳旁出惟其意制之以力不以德驅民就溺財隨弊
蓋聞河源出崑崙其山上高大無際自高瀉下若激箭
一直一曲一千里湍雄衝急乃迸溢其勢不得不然爾

前歲河怒齧滑民浸漱洋洋淫注一作不止滑人奔走若鋒駭河伯視之以爲戲呀呀怒口鈌若門日啖薪石萬萬計明堂天子聖且神悼河不仁嗟曰嘻河伯素頑不可令至誠一感惶且畏引流辟易趨故道閉口不敢煩官吏遵塗率職直東下咫尺莫可離其次爾來歲星行一周民牛飽芻邦羨賚滑人居河飲河流耕河之壖浸河漬嗟河改凶作民福嗚呼明堂聖天子

代書寄尹十一兄楊十六王三

竝轡登北原分首昭陵道秋風吹行衣落日下霜草昔日憩䢴縣信馬行苦早行行過任村遂壓黄河隩

登高望河流洶洶若怒鬧予生平居南但聞河浩渺
停鞍暫遊目茫洋肆鶩眺竝河行數曲山坡亦縈繞
覞子與山口呀險乃天竈秤鉤真如鉤上下欲顛倒
虎牢吏當關譏問名已告滎陽夜聞雨故人留我笑
明朝已高塵精車引旌纛傳云送主喪窀穸諳墳兆
後乘皆輜軿輪轂相輝照辟易未及避廬兒已呵噭
午出鄭東門下馬僕射廟中牟去鄭遠記里十餘堠
抵牟日已暮僕馬困米槀漸望闉闍門崛若中天表
趨門爭道入羈鞅不及棹浪墥遊九衢風埃嘆何浩
京師天下聚奔走紛擾擾但聞街鼓喧忽忽夜復曉

追懷洛中候，已動思歸操，爲別未期月，音塵一何杳。因書寫行役，聊以爲君導。

別聖俞

車馬古城隅，喧喧分曉色。行人念歸塗，居者徒慘惻。薄宦共羇旅，論交喜金石。篤以朋酒懽，寧知歲月適。人事坐云變，出處俄乖隔。關山自兹始，揮袂舉輕策。歲暮寒雲多，野曠陰風積。征蹄踐嚴霜，別酒臨長陌。應念同時人，獨爲未歸客。

送劉秀才歸河内

落日古京門，車馬動行色。河上多悲風，山陽有歸客。

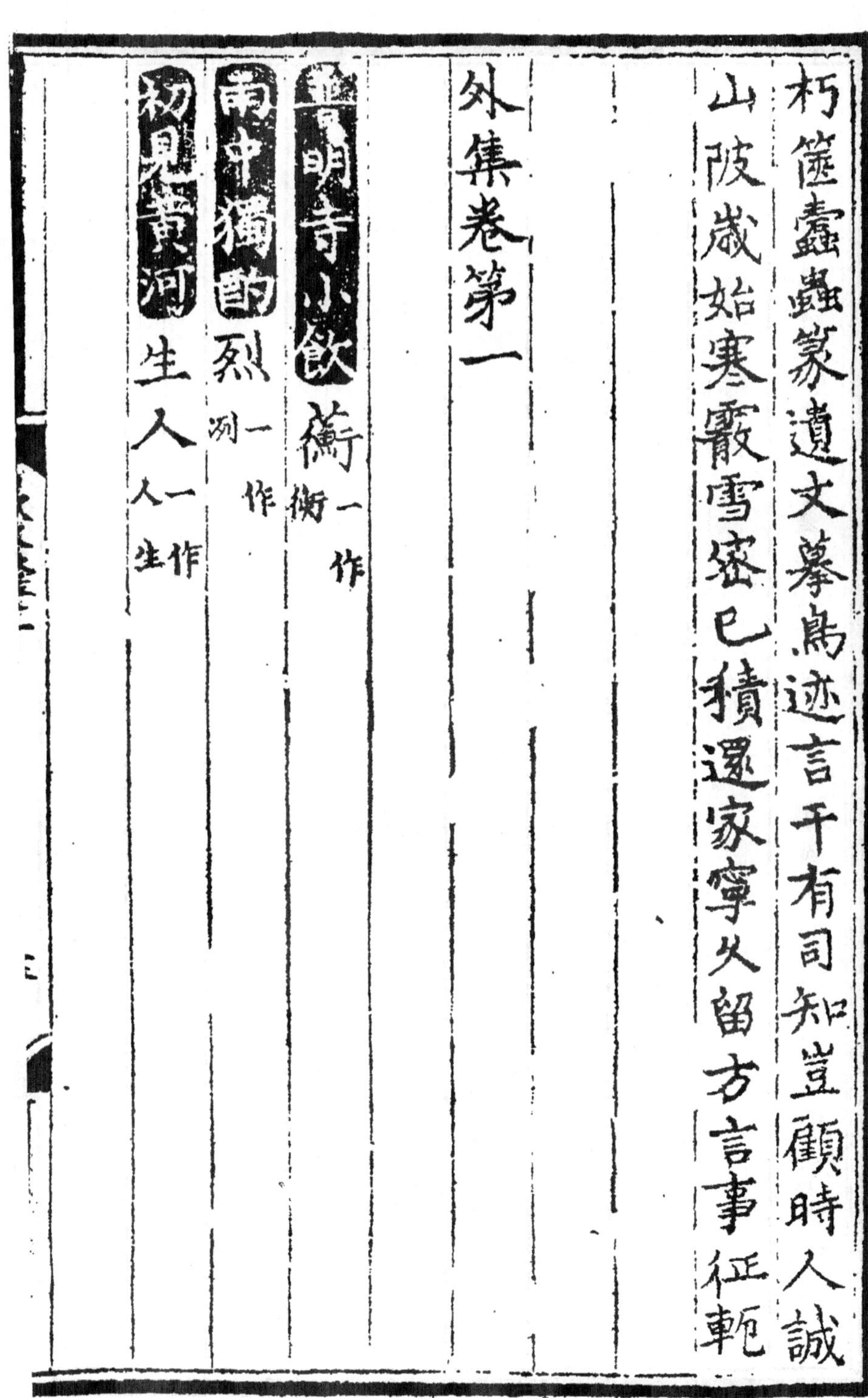

朽篋蠹蟲篆遺文摹鳥迹言千有司知豈顧時人誠

山陂歲始寒霰雪密已積還家寧久留方言事征軛

外集卷第一

曾明寺小飲衞一作衡

南中獨酌烈一作冽

初見黄河生人一作人生

外集卷第二　　歐陽文忠公集五十二

古詩二

數詩

一室曾何埽，居閑俗慮平。二毛經節變，青鑑不須驚。三復磨圭戒，深防悔吝生。四愁寧敢擬，高詠且陶情。五鼎期君禄，無思死必烹。六奇還自祕，海寓正休兵。七日南山霧，彪文幸有成。八門當鼓翼，凌厲指霄程。九德方居位，皇猷日月明。十朋如可閲，從此卜嘉亨。

答錢寺丞憶伊川

之子問伊川，伊川已春色。緑芷雜芳浦，青溪含白石。

山阿昔留賞屐齒無遺迹惟有嵓桂花留芳待歸客

書懷感事寄梅聖俞

相別始一歲幽憂有百端乃知一世中少樂多悲患
平聲每憶少年日未知人事艱顛狂無所閡落魄去羈
牽三月入洛陽春深花未殘龍門翠鬱鬱伊水清潺
潺逢君伊水畔一見已開顔不暇謁大尹相攜步香
山自兹惬所適便若投山猿幕府足文士相公方好
賢希深好風骨迥出風塵間師魯心磊落高談羲與
軒子漸口若訥誦書坐千言彥國善飲酒百盞顔未
丹幾道事閑遠風流如謝安子聰作參軍常跨破虎

鶺子野乃禿翁戲弄時脱冠次公才曠奇王霸馳筆端醒俞善吟哦共嘲爲閬仙惟手號達老醉必如張顛洛陽古郡邑萬户美風煙荒涼見宫闕表裏壯河山相將日無事上馬若鴻翩出門盡垂柳信步即名園嫩籜筠粉暗渌池萍錦翻殘花落酒面飛絮拂歸鞍尋盡水與竹忽去嵩峯巔青蒼縁萬仞杳靄望三川花草窺澗竇崎嶇尋石泉君吟倚樹立我醉欹雲眠子聰疑日近謂若手可攀共題三醉石留在八仙壇水雲心已倦歸坐正盃盤飛瓊始十八妖妙猶雙環髻寒篁暖鳳觜銀甲調鴈絃自製白雲曲始送黄

金船，珠簾捲明月。夜氣如春煙，燈花弄粉色。酒紅生臉蓮，東堂榴花好。點綴裙腰鮮，插花雲髻上。展尊綠陰前，樂事不可極。酣歌變爲歎（平聲），詔書走東下。丞相忽南遷，送之伊水頭。相顧淚潸潸，臘月相公去。君隨赴春官，送君白馬寺。獨入東上門，故府誰同在。新年獨未還，當時作此語。聞者已依然。

雜言答聖俞見寄兼簡東京諸友

昔君居洛陽，樂事無時有。賓府富文章，謝墅從親友。豐年政頗簡，命駕時爲偶。不問竹林主，仍携步兵酒。芬芳（一作菲）弄嘉月，翠綠相森茂。

聞梅二授德興戲書

君家小謝城爲客洛陽裏緑髮方少年青衫喜爲吏重湖亂山緑歸夢寄千里洛浦見秋鴻江南老芳芷自言北地禽能感南人耳京國本繁華馳逐多英軌爭歌白雪曲取酒西城市朝逢油壁車暮結青驄尾歲月倏可忘行樂方未已忽爾畏簡書翻然浩歸思江山故國近風物饒陽美楚柚煙中黄吳蓴波上紫還鄉閭井邑上堂多慶喜離别古所難更畏秋風起

戲贈

莫愁家住洛川傍十五纖腰閒四方堂上金罇邀上

客門前白馬繫垂楊春風滿城花滿樹落日花光爭
粉光城頭行人莫駐馬一曲能令君斷腸

寄左軍巡劉判官

遥聽洛城鍾獨渡伊川水緑樹鬱參差行人去無已
因高望京邑驅馬沿山趾落日亂峯多龍門何處是

罷官後初還襄城弊居述懷十韻回寄洛中
舊寮

路盡見家山欣然望吾廬陋巷叩柴扉迎候遥驚呼
兒童戲竹馬田里邀籃輿春桑鬱已緑歲事催農夫
朝日飛雉雊東皐新雨餘植杖望遠林行歌登故墟

風志在一壑玆焉將荷鋤言謝洛社友因招洛中愚馬卿已倦客嚴安猶獻書行矣方予役豈能遂歸歟

和聖俞聚蚊

頹陽照窮巷暑退涼風生夫子臥壞堵振衣步前楹愁煙四鄰起鳥雀喧空庭餘景藹欲昏衆蚊復一作聚薨薨群飛豈能數但厭聲營營抱琴不暇撫揮塵無由停散帙復歸臥詠言聊寫情覆載無巨細善惡皆生成朽木出衆蠹腐草爲飛螢書魚長陰溼醯雞由鬱蒸豕蝨固多虱牛閑常聚蝱元氣或壹鬱播之爲羶腥畀臭乃其類清虛非所經華堂敞高棟綺疏仍

藻扃金釭瑩椒壁玉壺含夜冰終朝事薰祓豈敢近簷甍富貴非苟得抱節居茅衡陰墻百蟲聚下偃衆機盈何嘗曲肱樂但苦聚雷聲江南美山水水木正秋明自古佳麗國能助詩人情喧囂不可久片席何時征

送劉學士知衡州

楊子懶屬書平居惟嗜酒一沐或彌旬解酲須五斗淡爾輕榮利何常問無有忍憶四（一作回）馬歸行爲一麾守湘酎自古醇醽水聞名久薄領但盈几聖經不離口湖田賦稻蟹民訟爭壟畝几爾即沈冥安能知

可否聊爲寄情樂豈與素懷偶藏器思適時投刃寧煩手行當考官績勿復困羈馽

送張屯田歸洛歌

昔年洛浦見花落曾作悲歌歌落花愁來欲遣何可柰時向金河尋杜家杜家花雖非絶品猶可開顏爲之飲少年意氣易成懽醉不還家伴花寢一來京國兩傷春憔悴窮愁九陌塵紅房紫萼處處有騎馬欲尋無故人黄河三月入隋河河水多時悵望多爲憐此水來何處（二字一作處遠）中有伊流與洛波忽聞君至自西京洗眼相看眼暫明心衰面老畏人問驚我瘦骨

清如冰今年七月妹喪夫稚兒孀女啼咏咏季秋九月予喪婦十月厭厭成病軀端居移病新城下日不出門無過者獨行時欲強高歌一曲未終雙涕洒可憐明月與春風歲歲年年事不同暫别已嗟非舊態再來應是作衰翁感時惜别情無已無酒送君空有淚西歸必有問君人爲道别來今若此

述懷送張憩之

鬱鬱河堤緑樹平送君因得到東城落花已盡鸎猶囀垂柳初長蟬欲鳴去年送客亦曾到正值楊花亂芳草人心不復故時歡景物自隨時節好感今懷昔

復傷離一别相逢知幾時莫辭今日一罇酒明日思君難重持東吳山水天下秀羡君輕舟片帆逗江城月下夜聞歌淮浦山前朝放溜樂哉此行時未曉萬壑千巖不知遠可憐病客猒京塵寂寞淹留已再春扁舟待得東南下猶更河橋送幾人

送子野

四時慘舒不可調冬夏寒暑易鬱陶春陽著物大軟媚獨有秋節最勁豪金方堅剛屏炎瘴兊氣高爽清風飈煙霞破散灝氣豁山河震發地脉摇天開寶鑑露寒月海拍積雪卷怒潮光輝通透奪星耀蟠潛驚

奮鬬蜃蛟高樓精爽毛髮竦壯懷直恐衝斗杓欲飛輕衣上拂漢擬乘王氣戲鷩濤念時文法密於織羈縻東縛不自聊豈無策議獻人主扼持舌在口已膠當秋且幸際軒豁誰能兒女聽蟪蛄君方壯歲襟宇快名聲樂與家聲高輕舟從遊山川底詩酒合興皆翹翹堪嗟宋玉自悲攬可並張翰同逍遙功名富貴有時到忍把壯節良辰消

送劉十三南遊

泱泱汴河流櫓聲過晚浦行客問吳山舟人多楚語春深紫蘭澤夏早黃梅雨時應賦登眺聊以忘羈旅

與李獻臣宋子京春集東園得節字

綠野秀可飡，遊騁喜初結。芸局苦寂寥，禁署隔清切。歡言得幽尋，況此及嘉節。鳥哢已關關，泉流初決決。紫蕚繁若綴，翠苕柔可擷。屢期無後時，芳物畏鶗鴂。

晚泊岳陽

臥聞岳陽城裏鍾，繫舟岳陽城下樹。正見空江明月來，雲水蒼茫失江路。夜深江月弄清輝，水上人歌月下歸。一闋聲長聽不盡，輕舟短楫去如飛。

新開棊軒呈元珍表臣

竹樹日已滋，軒窻漸幽興。人閑與世遠，鳥語知境靜。

春光鵲欲布山色寒尚映獨收萬慮心於此一枰齋

代贈田文初

感君一顧重千金贈君白璧爲妾心舟中繡被薰香夜春雪江頭三尺深西陵長官頭已白憔悴窮愁一作顏媿相識手持玉斝唱陽春江上梅花落如積津亭送別君未悲夢闌酒解始相思須知巫峽聞猿處不似荊江夜雪時

惠泉亭一本序云某啓伏覩知軍學士丈丈新理惠泉謹爲拙詩十六句伏惟采覽

翠壁刻屛顏煙霞駐步閒使君能愛客朝夕弄山泉春巖雨過春流長置酒來聽山溜響鑑中樓閣俯淸

池雪裹峯巒開曉幌，須知清興無時已。酒美賓嘉白相對，席間誰伴謝公吟。日暮多逢山簡醉，淹留桂樹幾經春。野鳥巖花識使君，使君今是罇前客。誰與山泉作主人。

過張至秘校莊

田家何所樂，蓑笠日相親。桑條起蠶事，蒿葉候耕辰。望歲占風色，寬徭知政仁。樵漁遂晚浦，雞犬隔前村。泉溜塍間動，山田樹杪分。鳥聲梅店雨，野色柳橋春。有客問行路，呼童驚候門。焚魚酌白醴，但坐且懽忻。

行次葉縣

朝渡汝河流，暮宿楚山曲。城陰日下寒，野氣春深緑。征車倦長道，故國有喬木。行行漸樂郊，東風滿平陸。

將至淮安馬上早行學謝靈運體六韻

晴霞煦東浦，鷩鳥動煙林。曙河兼斗没，沓（一作杳）嶂隱雲深。寒雞隔樹起，曲塢留風吟。征夫倦行役，秋興感登臨。衡（一作蘅）皋積涂（一作稌），迴江蘺香露沉。行矣歲華晚，歸歟勞歎音。

自岐（一作枝）江山行至平陸驛五言二十四韻

岐江望平陸，百里千餘嶺。蕭條斷煙火，莽蒼無人境。峯巒互前後，南北失壬丙。天秋雲愈高，木落歲方冷。

水涉愁蜮射含沙也林行憂虎猛萬仞懸巖崖一彴偃枯梗緣危類猨猱陷淖若龜黽腰輿懼傾撲煩馬倦鞭警攀躋誠畏塗習俗羡蠻獷度隘足雖蹶因高目還騁九野畫荊衡群山亂巫郢煙嵐互明滅點綴成一作若圖屏時時度深谷往往得佳景翠樹鬱如蓋飛泉溜垂綆幽花亂黄紫薝蔔弄光影山鳥囀成歌寒蜩嘒如哽登臨雖云勞一作廣巨細得周省晨裝趣徒旅夕宿訪閭井村暗水茫茫雞鳴星耿耿登高近佳節歸思時引領谿菊薦山罇田蟹佑烹鼎家近夢先歸夜寒衾屢整崎嶇念行役昔宿已爲永豈如江上

舟棹歌方酩酊初泛舟荆江棋酒甚歡故有此句

春日西湖寄謝法曹歌

西湖春色歸春水綠於染群芳爛不收東風落如糝
參軍春思亂如雲西湖若許昌勝地已白髮題詩愁送春謝君有多
情未老已白髮野思到春如亂雲之句遥知湖上一罇酒能憶天涯萬
里人萬里思春尚有情忽逢春至客心驚雪消門外
千山綠花發江邊二月晴少年把酒逢春色今日逢
春頭已白異鄉物態與人殊惟有東風舊相識

答謝景山遺古瓦硯歌

火數四百炎靈銷誰其代者當塗高窮姦極酷不易

取始知文景基高牢坐揮長喙啄天下豪傑競起如蝟毛董呂傕汜相繼死絕術權備爭咆咻力彊者勝怯者敗豈較才德爲功勞然猶到手不敢取而使蝘蝗生螟蛉子丕當初不自恥敢謂舜禹傳之堯得之以此失亦此誰知三馬食一槽當其盛時爭意氣叱咤靁霆生風飇干戈戰罷數功閥周歲方召堯無皐英雄致酒奉高會巍然銅雀高岧岧圓歌宛轉激清徵妙舞左右回纖腰一朝西陵一作西朝或作兩朝看拱木寂寞繐帳空蕭蕭當時淒涼已可歎而況後世悲前朝高臺已傾漸平地此瓦一墜埋蓬蒿苔文半滅荒土

蝕戰血曾經野火燒敗皮樊網各有用誰使鐫鑱成
凸凹景山筆力若牛弩句遒語老能揮毫嗟予奪得
何所用簿領朱墨徒紛淆走官南北未嘗捨緹襲三
四勤緘包有時屬思欲飛灑意緒軋軋難抽繅舟行
屢備（一作被）水神奪往往冥晦遭風濤質頑物久有精
怪常恐變化成靈妖名都所至必傳玩愛之不換魯
寶刀長歌送我怪且偉欲報慙愧無瓊瑤

古瓦硯

甎瓦賤微物得厠筆墨閒於物用有宜不計醜與妍
金非不爲寶玉豈不爲堅用之以發墨不及瓦礫頑

乃知物雖一作微賤當用價難攀豈惟瓦礫爾用人從

古難一作然

新營小齋鑿地爐輒成五言三十七韻

霜降百工休居者皆入室墐户畏初寒閑爐代溫律
規模不盈丈廣狹足容膝軒窻共幽窈竹栢助蒙密
辛勤慚巧宦窮賤守卑秩無術政奚爲有年秋屢實
文書少期會租訟省鞭扑地僻與世疎官閑得身佚
荆蠻苦卑陋氣候常壹鬱天日每陰翳風飈多凛慄
衰顔慘時晚病骨知寒疾蠻牀勸晨興籃轝厭朝出
南山近樵採僮僕免呵叱樂歲畜蹲鴟饋客薦包橘

霜薪吹晶熒石鼎沸啾唧披方養丹砂候節煎去聲秋
朮西鄰有高士轗軻卧蓬蓽鶴髮善高談鮐背便平聲
冬熨披裘屢相就束緼亦時乞傳經伏生老愛酒揚
雄吃晨灰煖餘盃夜火爆山栗無言兩忘形相對或
終日微生慕剛毅勁強去聲早難屈自從世俗牽常恐
天性失仰茲微官祿養此多病質省躬由一言無枉
慕三黜因知吏隱樂漸使歡心窒面壁或僧禪倒冠
聊酒逸螟蛉輕二豪一馬齊萬物啓期爲樂三叔夜
不堪七負薪幸有一作自瘳舊學頗思述興亡閱今古
一作古今圖籍羅甲乙魯冊謹會盟周公彖凶吉詳或作辭

明左立辯馳騁馬遷筆金石互鏗鏘風雲生倏忽豁爾一開卷慨然時捐抉浮沉恣其間適若遂聱耴一作迷佚吾居誰云陋所得乃非一五斗豈須慚優游歲將畢

外集卷第二

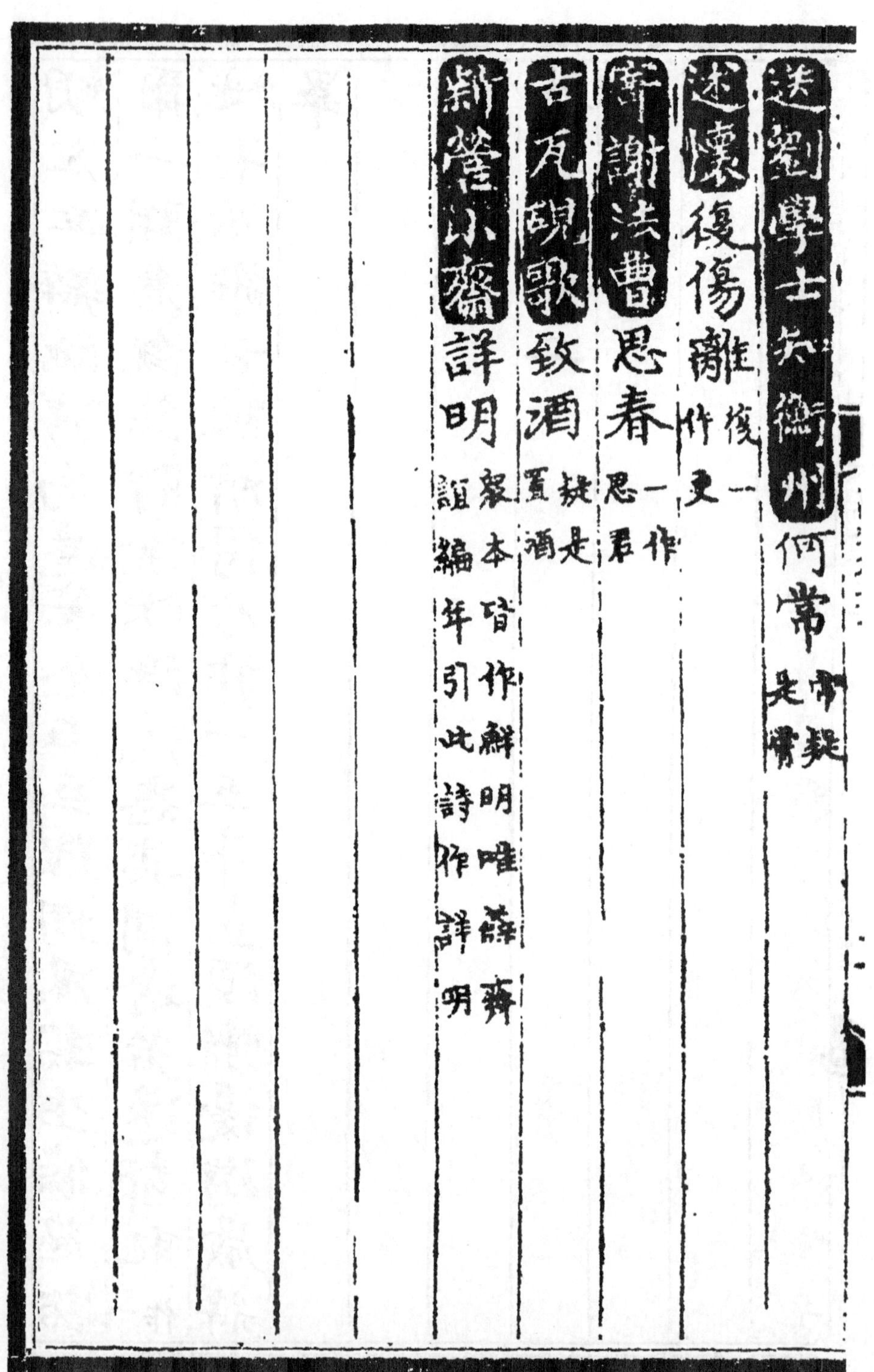

送劉學士知衡州何常（常疑是嘗）

述懷復傷離（復一作更）

寄謝法曹思春（一作思君）

古瓦硯歌致酒（疑是置酒）

新瑩小齋詳明（衆本皆作解明唯薛齊誼編年引此詩作詳明）

古詩三

南獠

洪宋區夏廣恢張際四維狂孽久不犇民物含一作涵春熙耆稚適所尚游泳光華時遽然攜提歲南獠掠邊陲子因叩村叟此事曷如斯初似卻人問未語先涕垂收涕謝客問為客陳始基撫水有上源水淺山嶮巇生民三千室聚此天一涯很勇復輕脱性若麋與麋男夫不耕鑿刀兵動相隨宜融兩境上殺人取其貲因斯久久來此寇易為羈鼠竊及蟻聚近裏焉

敢窺勢亦不久住官軍來即馳景德祥符後時移事亦移四輔哲且善天子仁又慈將軍稱招安兵非羽林兒龍江一牧拙邏騎材亦非威惠不兼深徒以官力欺智略仍後短從此難覊縻引兵卸甲嶺部陣自參差鋒鏑殊未接士卒心先離奔走六吏死初在懷遠軍卸甲嶺殺傷范禮賓王崇班等六人落陣死明知國挫威自茲賊聲震宜冠融州滑縣宇及民廬燬蕩無孑遺利鏃淬諸毒中膚無藥醫長刀斷人股横屍滿通逵婦人及孽産驅負足始歸堂堂過城戍何人敢正窺外計削奏疏一一聞宸闈赫爾天斯怒選將興王師精甲二萬餘猛毅

如虎貔餉戰凜秋霜旌棨閃朝曦八營與七萃豈得多于茲外統三路進小敵胡能爲前驅已壓境後軍猶未知逶迤至蠻域但見空稻畦搜羅一月餘不戰師自罷荷戈莫言苦負糧深可悲哀哉都督鄙無章遭屠糜（昭州都曹皇甫僅三人部糧入洞遭蠻賊掩殺及害夫力千餘口）曉咋計不出還出招安辭半降半來拒蠻意猶狐疑厚以繒錦贈狙心詐爲卑戎帳草草起賊戈躡背揮我黔老叟言不覺顰雙眉吮毫兼疊簡占作南獠詩願值采詩官一敷于彤墀

寄聖俞

西陵山水天下佳我昔謫官君所嗟官閑憔悴一病叟縣古瀟灑如山家雪消深林自斸一作斵筍人響空山隨摘茶有時携酒探幽絶往往上下窮煙霞嵓蘇緑縟軟可藉野卉青紅春自華風餘落蘂飛面旋日暖山鳥鳴交加貪追時俗翫歲月不覺萬里留天涯今來寂寞西岡口秋盡不見東籬花市亭插旗鬭新酒十千得斗不可賖材非世用自當去一舸聲牙揮釣車君能先往勿自滯行矣春洲生荻芽

答梅聖俞寺丞見寄

憶昔識君初我少君方壯風期一相許意氣曾誰讓

交遊盛京洛罇俎陪丞相騄驥日相追鸞凰志高飈
詞章盡崔蔡論議皆歆向文會忝予盟詩壇推子將
談精鋒愈出飲劇歡無量賈勇爲無前餘光誰敢望
茲年五六歲人事堪悽愴南北頓睽乖相離獨飄蕩
失杯由畫足傷手因代匠移書雖激切拙語非欺誑
安知乃心愚而使所言妄權豪不自避斧質誠爲當
蒼皇得一邑奔走踰千嶂楚峽聽猿鳴荆江畏蛟浪
蠻方異時俗景物殊氣象緑鬢變風霜丹顔侵疾瘴
常憂鵩鳥窺幸免江魚葬今茲荷寬宥遷徙來漢上
憔悴戴囚冠驅馳嗟俗狀王事多倥偬學業差遺忘

未能解綬去，所戀寸禄養。舉足畏逢仇，低頭惟避謗。
忻聞故人近，豈憚驅車訪。一别各衰翁，相見問無恙。
交情宛如舊，歡意獨能强。幸陪主人賢，更值芳洲漲。
菱荷亂浮泛，水竹涵虚曠。清風灡談席，明月臨歌舫。
已見洛陽人，重聞畫樓唱。怡然壹鬱寫，蹔爾累囚放。
自從還邑來，會此驕陽亢。神靈多請禱，租訟頻笞搒。
猶須新秋涼，漢水臨（一作瀉）清漾。野稼蕩浮雲，晴山開
疊障。聊以助吟詠，亦可資酣暢。北轅如未駕，幸子能
來旣。

酬聖俞朔風見寄

因君朔風句令我苦寒吟離别時未幾峥嶸歳再陰驚飈擊曠野餘響入空林客路行役遠馬蹄氷雪深瞻言洛中舊期我高陽吟故館㝡知己新年傷客心相逢豈能飲惟有涕沾襟

送琴僧知白

吾聞夷中琴巳久常恐老死無其傳夷中未識不得見豈謂今逢知白彈遺音髣髴尚可愛何况之子傳其全孤禽曉警秋野露空澗夜落春嵓泉二年遷謫寓三峽江流無底山侵天登臨探賞久不厭每欲圖畫存於前豈知山高水深意久以寫此朱絲絃酒酣

耳熱神氣王聽之爲予心肅然嵩陽山高雪三尺有
客擁臯吟苦寒負琴北走乞其贈持我此句爲之先

聽平戎操

西戎負固稽天誅勇夫戰死智士謨上人知白何爲
者年少力壯逃浮屠自言平戎有古操抱琴欲進爲
我娛我材不足置廊廟力弱又不堪戈殳遭時有事
獨無用偷安飽食與汝俱爾知平戎竟何事自古無
不由吾儒周宣六月伐獫狁漢武五道征匈奴方叔
召虎乃真將衛青去病誠區區建功立業當盛日後
世稱詠於詩書平生又欲慕賈誼長纓直請繫單于

當衢理檢四面，啓有策不獻空踟躕。歎君爲我奏此曲，聽之空使壯士吁推琴置（一作眦）酒，恍若失，誰謂子琴能起予。

書宜城修木渠記後奉呈朱寺丞

因民之利無難爲，使民以説民忘疲。樂哉朱君鄣靈堤，導鄢及蠻與衆陂。古渠廢久人莫知，朱君三月而復之。沃土如膏瘠土肥，百里歲歲無凶菑（一作災）。鄢蠻之水流不止，襄人思君無時已。

谷正至始得先所寄書及詩不勝喜慰因書數韻奉酬聖俞

寒日照深巷柴門朝尚閉有客自江來尺書千里至啓書復何云但言南北異南方地常暖風物稱佳麗梅蘤入新年蘭皐動芳氣樂哉登臨興豈厭江湖滯伊予方寂寞刻苦窮文字萬國會王州群英馳儁軌方朔常苦饑子雲非官意歲暮慘風塵官閑倦朝市出處一云別所思寧可冀春江有歸鴈但使音書繼

答梅聖俞

寒日照窮巷荆扉晨未開蘤鬧遠方信有客渡江來開緘復何喜宛若見瓊瑰一爾乖出處未嘗持酒盃官閑隱朝市歲暮慘風埃音書日可待春鴈暖應回

病中聞梅二南歸

聞君解舟去，秋水正沄沄。野岸曠歸思，都門辭世紛。稍逐商帆伴，初隨征鴈羣。山多淮甸出，柳盡汴河分。楚色燕尚（一作上）綠，江煙日半（一作晡）曛。客意浩已遠，離懷寧復云。宣城好風月，歸信幾時聞。

送嶦上人遊天台

昔年在伊洛，林壑每相從。對掃竹下榻，坐思湖上峯。自言伊洛波，每起滄洲憶。今茲道行遊，千里東南國。都門汴河上，柳色入青煙。流水向淮浦，歸人隨越船。東南遍林巒，萬壑新流滿。小桂綠應芳，江春行已晚。

鴣鴣赤城陰依依識古岑一去誰復見石橋雲霧深

送徐生秀州法曹

一笑暫相從結交方恨晚猶兹簿領困況爾東南遠落帆淮口暮採石江洲晚黃鵠可寄書惟嗟雙翅短

讀山海經圖

夏鼎象九州山經有遺載空濛大荒中杳靄群山會炎海積歊蒸陰幽異明晦奔趨各異種倏忽俄萬態群倫固殊禀至理寧一槩駭者自云驚生兮孰知怪未能識造化但爾披圖繪不有萬物殊豈知方輿大

依韻和聖俞見寄

與君結交深相濟，同水火文章發春葩，節行凜筠笴。吾才已愧君子齒，又先我君惡子所非我許子云可。厥趣共乖時畏塗難轉轗，道肥家所窮身老志彌果。每嗟游從異有甚樊籠鑠，天匠染青紅花腰呈裊娜。苟能柸酌同直待冠巾墮，無欺校雖貧鹽米尚餘顆。

晏太尉西園賀雪歌

陰陽乖錯亂五行，窮冬山谷暖不冰。一陽且出在地上，地下誰發萬物萌。太陰當用不用事，蓋由姦將不軌虧國刑。遂令邪風伺間隙，潛中瘟疫於疲氓。神哉陛下至仁聖，憂勤懇禱通精誠。聖人與天同一體，意未發口天已聽忽收寒威還水官正時肅物凜以清寒風得勢獵獵走瓦乾霰急落不停恍然天地半夜白群雞失曉不及鳴清晨拜表東上閤鬱鬱瑞氣盈宫庭退朝騎馬下銀闕馬滑不慣行瑶瓊曉趨賓館賀太尉坐覺滿路流歡聲便開西園掃徑步正見玉樹花凋零小軒却坐對山石拂拂酒面紅煙生主人與國共休戚不惟喜悦將豐登須憐鐵甲冷徹骨四十餘萬屯邊兵

送吴聦鄰還江南

霜前江水磨碧銅岸背菱葉翹青蟲吴郎鬢絲生幾

縷不羞月上扶桑東羞見清波照人景去時黑髮吹春風五年歸來婦應喜從此不問西飛鴻

答朱寀捕蝗詩

捕蝗之術世所非欲究此語興於誰或云豐凶歲有數天孽未可人力支或言蝗多不易捕驅民入野踐其畦因之姦吏恣貪擾户到頭斂無一遺蝗災食苗民自苦吏虐民苗皆被之吾嗟此語秖知一不究其本論其皮驅雖不盡勝養患昔人固已决不疑秉蟊投火况舊法古之去惡猶如斯既多而捕誠未易其失安在常由遲詵詵最説子孫衆爲腹所孕多蝝蚳

始生朝畝暮已頃化一爲百無根涯口含鋒刃疾風雨毒腸不滿疑常飢高原下濕不知數進退整若隨金鼙嗟兹羽孽物共惡不知造化其誰尸大凡萬事悉如此禍當早絶防其微蠅頭出土不急捕羽翼已就功難施只驚群飛自天下不究生子由山陂官書立法空太峻吏愚畏罰反自欺蓋藏十不敢申一上心雖惻何由知不如寬法擇良令告蝗不隱捕以時今苗因捕雖踐死明歲猶免爲蝝菑吾嘗捕蝗見其事較以利害嘗深思官錢二十買一斗示（一作亦）以明信民爭馳歛微成衆在人力頃刻露積如京坻乃知

孽蟲雖甚衆嫉惡苟銳無難爲往時姚崇用此議誠哉賢相得所宜因吟君贈廣其說爲我持之告採詩

答蘇子美離京見寄

衆奇子美貌堂堂千人英我獨疑其胷浩浩包滄溟滄溟産龍蜃百怪不可名是以子美辭吐出人輒驚其於詩最豪奔放何縱横衆絃拼律吕金石次第鳴間以險絶句非時震雷霆兩耳不及掩百痾爲之醒語言既可駭筆墨尤其精少雖嘗力學老乃若天成濡毫弄點畫信手不自停端莊雜醜怪羣星見欃槍爛然溢紙幅視久無定形使我終老學得一已足矜

而君兼衆美磊落猶自輕高冠出人上誰敢揖其膺
群臣列冊陛幾位缺公卿使之東帶立可以重朝廷
況令參國議高論吐崢嶸惜哉三十五白髮今已生
近者去江淮作詩寄離情口誦不及寫一日傳都城
退之序百物其鳴由不平天方苦君心欲使發其聲
嗟我非鸑鷟徒思和嚶嚶因風幸數寄警我聾與盲

立秋有感寄蘇子美

庭樹忽改色秋風動其枝物情未必爾我意先已悽
雖恐芳節謝猶忻早涼歸起步雲月暗顧瞻星斗移
四時有大信萬物誰與期故人在千里歲月令我悲

所嗟事業晚豈惜顏色衰廟謀今謂何胡馬日以肥

喜雪示徐生

凛冬威旱野渴天澤經旬三尺雪萬物變清穹一作空顏色愁雲嘘不開慘慘連日夕寒風借天勢豪忽肆陵轢空枝凍鳥雀癡不避彈弋長河寂無聲厚地若龜坼陰階夜自照鈌瓦晨復積貯潔瑩冰壺量深埋玉尺凝陰反窮剥陽九兆初畫春回百草心氣動黄泉脉堅冰雖未破土潤已潛釋常聞老農語一臘見三白是為豐年候占驗勝蓍策天兵血西陲萬轍走供億嗟予媿疲俗奚術肥爾瘠惟幸歲之穰茲惠豈

人力非徒給租調且可銷盜賊從今潔驌廩期共飽
麰麥

賦竹上甘露

梢梢兩竹枝甘露葉間垂草木有靈液陰陽疑以時
深山與窮谷往往嘗有之幸當君子軒得爲衆人知
物生隨所託晦顯各有宜聊以助歌詠無堪飲童兒

和對雪憶梅花

昔官西陵江峽間野花紅紫多斕斑惟有寒梅舊所
識異鄉每見心一作必依然爲憐花自洛中看花上蜀
鳥啼綿蠻當時作詩誰唱和粉蘂自折清香繁今來

把酒對殘雪，却憶江上高樓山。群花四時媚者衆，何獨此樹令人攀？窮冬萬木立枯死，玉艷獨發陵清寒。鮮妍皎如鏡裏面，綽約對若風中仙。惜哉北地無此樹，霰雪漫漫平沙川。徐生隨我客此郡，冰霜旅舍逢新年。憶花對雪晨起坐，清詩寶鐵裁琅玕。長河風色暖將動，即看緑柳含春煙。寒齋寂寞何以慰，卯盃且醉酣午眠。

歸鴈亭

荒蹊臘雪春尚埋，我初獨與徐生來。城高樹古禽鳥野，聲響格磔寒毰毸。頹垣敗屋巋然在，略可遠眺臨

傾臺高株唯有柳數十夾路對立初誰栽漸誅榛莽
辨草樹頗有桃李當牆限欣然便擬趁時節斥鋤日
夕勞耘培新年風色日漸好晴天仰見鴈已回枯根
老脉凍不發遶之百匝空徘徊頑姿野態煩造化勾
芒不肯先呴吹酒酣幾欲撾大鼓驚起龍蟄驅春雷
偶然不到才數日顏色一變由誰催翠芽紅粒迸條
出纖趺嫩蕚如翦裁卧槎燒枿亦強發老朽不避衆
艷咍姹然山杏開最早其餘紅白各自媒初開盛發
與零落皆有意思牽人懷衆芳勿使一時發當令一
落續一開畢春應須酒萬斛與子共醉三千盃

送韓子華

嗟我久不見韓子，如讀古書思古人。忽然相逢又數日，笑語反不共一罇。諫垣尸居職業廢，朝事汲汲勞精神。子華筆力天馬足，駑駘千百誰可群。嗟予老鈍不自笑，尚欲疾走追其塵。子華有時高談駭我聽，榮枯萬物移秋春。所以不見令我思，見之如飲玉醴醇。叩門下馬忽來別，高帆得風披飛雲。離懷有酒不及寫，別後慰我寓於文。

送李太傅知冀州 端懿

吾慕李漢超，爲將勇無儔。養士三千人，人人百貔貅。

關南三十年天子不北憂吾愛李允則善覘多計籌
虜動静寢食皎如在雙眸出入若變化談笑摧敵謀
恩信浹南北聲名落燕幽二公材各異戰守兩堪尤
天下不用兵爾來三十秋令其繼者誰守冀得李侯
李侯年尚少文武學彬彪河朔一尺雪北風燎貂裘
上馬擘（一作臂）長弓白羽飛金鍭臨行問我言我慙本
儒鯫漢超雖已久故來尚歌謳允則事最近猶能想
風流將此聊爲贈勉哉行無留

石篆詩并序

其略近蒙朝恩守此州州之西南有瑯琊山唐李幼

卿庶子泉者其在館閣時方國家詔天下求古碑石之文集于閣下因得見李陽冰篆庶子泉銘學篆者云陽冰之迹多矣無如此銘者常欲求其本而不得于今十年矣及此來已獲焉而銘石之側又陽冰别篆十餘字尤奇於銘文世罕傳焉山僧惠覺指以示予予徘徊其下久之不能去山之奇迹古今紀述詳矣而獨遺此字予甚惜之欲有所述而患文辭之不稱思予嘗愛其文而不及者梅聖俞蘇子美也因爲詩一首并封題墨本以寄二君乞詩刻于石

寒岩飛流（一作溜）落青苔旁斲石篆何奇哉其人已死

骨已朽此字不滅留山限山中老僧憂石泐印之以紙磨松煤欲令留傳在人世持以贈客比瓊瑰我疑此字非筆畫又疑人力非能爲始從天地胚渾判元氣結此高崔嵬當時野鳥踏山石萬古遺迹於蒼崖山祇不欲人屢見每吐雲霧深藏埋群仙飛空欲下讀常借海月清光來嗟我豈能識字法見之但覺心眼開辭慳語鄙不足記封題遠寄蘇與梅

題滁州醉翁亭

四十未爲老醉翁偶題篇醉中遺萬物豈復記吾年但愛亭下水來從亂峯間聲如自空落瀉向兩簷前

流入巖下溪幽泉助消消響不亂人語其請非管絃
豈不美絲竹絲竹不勝繁所以屢携酒遠步就潺湲
野鳥窺我醉溪雲留我眠山花徒能笑不解與我言
惟有巖風来吹我還醒然

贈學者

人稟天地氣乃物中最靈性雖有五常不學無由明
輪曲揉而就木直在中繩堅金礪所利玉琢器乃成
仁義不遠躬勤勤入至誠學既積於心猶木之敷榮
根本既堅好蓊鬱其幹莖爾曹宜勉勉無以吾言輕

春寒効李長吉體

東風吹雲海天黑飢龍涷雲雨不滴嗔雷隱隱愁煙白宿露無光瑶草寂東皇染花滿春國天爲花迷借春色呼雲鐷日月一作恐紅篤幾日春陰養花魄悠悠遠絮縈空擲愁思一作絲織春挽不得高樓去天無幾尺遠岫參差亂屏碧

幽谷一作豐樂亭晚飲

一徑入蒙密已聞流水聲行穿翠篠盡忽見青山横山勢抱幽谷谷泉含石泓旁生嘉樹林上有好鳥鳴鳥語谷中靜樹涼泉影清露蟬已嘒嘒風溜時泠泠渴心不待飲醉耳傾還醒嘉我二三友偶同丘壑情

環流席高蔭置酒當崢嶸山是時新雨餘日落山更明山色已可愛泉聲難久聽安得白玉琴寫以（一作之）朱絲繩

外集卷第三

答梅聖俞 茲年（疑是茲來）

酬聖俞朔風見寄（此詩押兩吟字一本第一韻作吟寒乃別韻）

聽平戎操 競何事（競疑是竟）

書宜城修木渠記後呈朱寺丞（朱名紘字儀甫治平中爲宜城令脩木渠有功熙寧二年冬夫充薦改大理寺丞鄭獬爲作渠記公詩當在三年合入外集第四卷誤寘第三）

奉酬聖俞答㩦聖俞二詩多同而韻異故兩存之

答蘇子美子美慶曆文粹作脩仲蓋舜欽舊字後篇同

賦竹上甘露嘗有之嘗二作常

歸雁亭時發慶曆文粹作時歌

石篆詩序子嘗一作子常

外集卷第四

古詩四

桐花

猗猗井上桐花葉何蓑蓑下蔭百尺泉上聳陵雲材翠色洗朝露清陰午當階幽蟬自嘒嘒鳴鳥何喈喈日出花照耀飛香動浮埃今朝一雨過狼籍黏青苔斯桐乃誰樹意若銘吾齋常聞漢道隆上下相和諧選吏擇孝廉視民嬰與孩政聲如九韶百物絶妖災夔優潁川守能致鳳凰來到此幾千載丹山自崔嵬聖君勤治理百郡列賢才嗟爾不自勉鳳凰其來哉

思二亭送光禄謝寺丞歸滁陽

吾嘗（一作常）思醉翁，醉翁名自我。山林本我性，章服偶包裹。君恩未知報，進退奚爲可。自非因讒逐，決去焉（一作詎）能果。前時永陽謫，誰與脱韁鏁。山氣無四時，幽花常婀娜。石泉咽然鳴，野艷笑而傞。賓歡正諠譁，翁醉已岌峩。我樂世所悲，衆馳予坎軻。惟兹三二子，嗜好其（二字一作學甚）同頗。因歸謝巖石，爲我刻其左。

吾嘗（一作常）思豐樂，魂夢不在身。三年永陽謫，幽谷最來頻。谷口兩三家，山泉爲四鄰。但聞山泉聲，豈識山意春。春至換群物，花開思故人。故人今何在，憔悴瀬

之濱人去山自緑春歸花更新空今谷中叟笑我種花勤

堂中畫像探題得杜子美

風雅久寂寞吾思見其人杜君詩之豪來者孰比倫生爲一身窮死也萬世珍言苟可垂後士無羞賤貧

和徐生假山

匠智無遺巧天形極幽探謂我愛山者爲山列前簷頹垣不數尺萬嶮由心潛或開如斷裂或吐似谺䂖或長隨靡迤或瘦露空嵌陰一作險穴覷杳杳高屏立巉巉後出忽孤聳群奔沓相參鑿若氣融結突如鬼

鐫鑱昔歲貶荊楚扁舟極東南孤山馬當夾兩岸臨
江潭常恨江水惡輕風不留帆峯巒千萬狀可愛不
可談但欲借粉繪圖之掛紈纖豈如几席間百態生
濃纖暮雲黠新翠孤煙起朝嵐況此窮冬節陰飈積
凝嚴幽齋喜深處遠目生遐瞻晝卧不移榻晨興自
開簾吾聞君子居出處無常占卷道或獨善施物仁
貴兼於時苟無益懷禄古所慙嵩山幸不遠薇蕨豈
不甘自可結幽侶披雲老溪巖胡爲不即往一室安
且恬辱子贈可愧因詩以自讒

送楊員外

予昔走南宫，江湖浩然涉。今來厭塵土，常懷把輕楫。聞君東南行，山水恣登躡。秋江湛巳清，樹色映丹葉。羡君舟棹櫓，去若魚鼓鬣。君家兄弟才，門族當世甲。行期薦賢書，疾驛來上閤。

讀梅氏詩有感示徐生

子美忽已死，聖俞含吾南。嗟吾譬馳車，而失左右驂。勍敵嘗壓壘，羸兵當戒嚴。凡人貴勉強，惰逸易安恬。吾既苦多病，交朋復凋殲。篇章久不作，意思如膠粘。良田失時耕，草莽廢鋤芟。美井不日汲，何由發清甘。偶開梅氏篇，不覺日掛簷。乃知文字樂，愈久益無厭。

吾嘗（常一作）哀世人聲利競爭貪哇咬聾兩耳死不享韶咸而幸知此樂又常深討探今官得閑散舍此欲奚耽頑慵須警策賴子發其籍

和人三橋

笳鼓下層臺旌旗轉長嶼橋響驚歸軒溪明望行炬北臨白雲澗南望清風閣出樹見人行隔溪聞魚躍斷虹跨曲岸倒影涵清波爲愛斜陽好廻舟特特過

初夏劉氏竹林小飲

春榮忽已衰夏葉換初秀披荒得深蹊掃綠蔭清晝萬竿交已聳千畝蔚何富驚雷迸狂鞭霧籜舒文繡

虛心高自擢勁節晚愈瘦雖慙桃李妖豈愧松栢後
川源湛新霽林麓洗昏霾猗猗色可餐滴滴翠欲溜
況茲夏首月景物得嘉候晚蝶舞新黃孤禽弄清味
窺深入憁蒙玩密愛林茂依依帶幽澗隱隱見孤岫
林篠縟堪眠野汲冷可漱鳴琴瀉山風高籟發仙奏
暑却自蠲渴心閑疑愈疢杯盤雜芬芳圖籍羅左右
怡然忘簪組釋若出羈靮矧予懷一丘未得解黃綬
官事偶多閑郊扉須屢叩新篁漸添林晚筍堪薦豆
誰邀棲籬公有酒幸相就

眼有黑花戲書自遣

洛陽三見牡丹月春醉往往眠人家揚州一遇芍藥時夜飲不覺生朝霞天下名花惟有此鐏前樂事更無加如今白首春風裏病眼何須厭黑花

送朱生

萬物各有役無心獨浮雲遂令幽居客日與山雲親植桂比芳操佩蘭思潔身何必濯於水本無纓上塵

雪 時在潁州作玉月梨梅練絮白舞鵝鶴銀等事皆請勿用

新陽力微初破蕚客陰用壯猶相薄朝寒稜稜風缺莫犯暮雪緌緌止還作驅馳風雲初慘淡炫晃山川漸開廓光芒可愛初日照潤澤終爲和氣爍美人高

堂晨起驚幽士虛隱靜聞落酒壚成徑集鉼罌獵騎尋蹤得狐貉龍蛇掃處斷復續猊虎團成呀且攫共貪終歲飽對麥豈恤空林飢鳥雀沙墀朝賀迷象笏桑野行歌沒荃屩乃知一雪萬人喜顧我不飲胡爲樂坐看天地絕氛埃使我胸襟如洗瀹脫遺前言笑塵雜披傃萬象窺冥漠顥雖陋郛文士衆巨筆人人把矛槊自非我爲發其端凍口何由開一噱

雪晴

悠悠野水來灧灧西溪闊曉日披宿雲荒臺照殘雪風光變窮臘歲律新陽月凍冉意初回綠醅浮可撥

人間樂朋友鳥啼知時節豈止探芳菲耕桑行可閔

琴高魚

琴高一去不復見神仙雖有亦何爲溪鱗佳味自可愛何必虛名務好奇

竹閣亭（二首其一已見居士集）

高亭照初月竹影涼蕭森新篁漸解籜翠色日已深雨多苔莓（疑）青幽徑無人尋靜趣久廻得暫來聊解襟清風颯然生鳴鳥送好音佳時不易得濁酒聊自斟興盡即言返重來期抱琴

箕山

朝下黄蘆坂，夕望箕山雲。緬懷巢上客，想彼嵒中人。弱歲慕高節，壯年嬰世紛。漱流羨穎水，振衣嗟洛塵。空祠亂鷥鳥，山木含餘曛。聊兹謝迻桂，歸月及新春。

西園

落日叩溪門，西溪復何所。人侵樹裏耕，花落田中雨。平野見南山，荒臺起寒霧。歌舞昔云誰，令人但懷古。

白兎

天宾宾，雲濛濛，白兎擣藥姮娥宫。玉關金鏁夜不閉，竄入滁山千萬重。滁泉清甘瀉大壑，滁草軟翠摇輕風。渴飲泉，困棲草，滁人遇之豐山道。網羅百計偶得

之千里特爲翰林寶翰林酬酢委金璧珠蒴花籠玉
爲食朝隨孔翠伴暮綴鸞皇翼主人邀客醉籠下京
洛風埃不露席群詩名貌極豪縱爾兎有意果誰識
天資潔白已爲累物性拘囚盡無益上林榮落幾時
休回首峯巒斷消息

偶書

吾見陶靖節愛酒又愛閑二者人所欲不問愚與賢
柰何古今人遂此樂尤難飲酒或時有得閑何鮮焉
浮屠老子流營營盈市廛二物尚如比仕官不待言
官高責愈重禄厚足憂患暫息不可得況欲閑長年

少壯務貪得鋭意力爭前老來難勉强思此但長歎
決計不宜晚歸與耕穎尾田

日本刀歌

昆夷道遠不復通世傳切玉誰能窮寶刀近出日本
國越賈得之滄海東魚皮裝貼香木鞘黄白閒雜鍮
與銅（真鍮似金 真銅似銀）百金傳入好事手佩服可以禳妖凶
傳聞其國居大島土壤沃饒風俗好其先徐福詐秦
民採藥淹留丱童老百工五種與之居至今器玩皆
精巧前朝貢獻屢往來士人往往工詞藻徐福行時
書未焚逸書百篇今尚存令嚴不許傳中國舉世無

人識古文先王大典藏夷貊蒼波浩蕩無通津令人感激坐流涕鏞漇短刀何足云

會峯亭

山勢百里見新亭壓其巔群峯漸靡迤高下相綿聯下窺疑無地杳靄但蒼煙是時新雨餘衆壑鳴春泉林籟靜更響山光晚逾鮮嵓花爲誰開春去夏猶妍野鳥窺我醉谿雲留我眠日暮山風來吹我還醒然醉醒各任物雲鳥徒留連

晚步綠陰園遂登凝翠亭

餘春去已遠綠水漲新塘漸愛樹陰密初迎蕙風涼

高亭可四望，繞郭青山長野色晚更好嵐曛共微茫
幽懷不可寫雅詠同誰觴明月如慰我開軒送清光

聖俞惠宣州筆戲書

聖俞宣城人能使紫毫筆宣人諸葛高世業守不失
緊心縛長毫三副頗精密硬軟適人手百管不差一
京師諸筆工牌榜自稱述累累相國東比若衣縫蝨
或柔多虛尖或硬不可屈但能裝管欛有表曾無實
價高仍費錢用不過數日豈如宣城毫耐久仍可乞

贈潘景溫叟

秦盧不世出俗子相矜誇治疾不知一作未源橫死紛

如麻番陽奇男子衣冠本儒家學本得心訣照底窮根厓泠然鑒玉藏曾靡毫釐差公卿掃榻迎黄金載盈車語言無羽翰飛入萬齒牙相逢京洛下使我驚且嗟七年慈母病庸工口咿啞恨不早見君以乞壺中砂通宵耳高論飲恨知何涯黯然别我去征途指煙霞孤雲不可留淚綫風中斜

學書二首

蘇子歸黄泉筆法遂中絶賴有蔡君謨名聲馳晚節醉翁不量力每欲追其轍人生浪自苦以取兒女悦豈止學書然自悔從今決

學書不覺夜但怪西窻暗病目故已昏墨不分濃淡人生不自知勞苦殊無憾所得乃虚名榮華俄頃暫豈止學書然作銘聊自鑒

奉使道中作三首

執手意遲遲出門還草草無嫌去時速但顧歸時早北風吹雪犯征裘夾路花開回馬頭若無二月還家樂爭奈千山遠客愁爲客莫思家客行方遠道還家自有時空使朱顔老禁城春色暖融怡花倚春風待客歸勸君還家須飲酒記取思歸未得時

客夢方在家角聲已催曉怱怱行人起共怨角聲早馬蹄終日踐水霜未到思回空斷腸少貪夢裏還家樂早起前山一作山前路正長

奉使道中寄坦師

道人少賈海上遊海舶破散身沉浮黃金滿篋人所寄吹篴偶得還中州羸身歸金不受報秖取斗酒相獻酬歡娛慈母終一世脫棄妻子藏巖幽蒼煙寥寥池水漫白玉蓮蕩吹高秋夜燃栢子煑山藥憶此東望無時休塞垣春枯積雪溜沙礫感怒黃雲愁五更匹馬隨鴈起想見鄭郭花今稠百年夸奪終一丘世

上滿眼真悠悠寄聲萬里心綢繆莫道異趣無相求

勉劉申

有司精考覈中第爲公卿本基在積習優學登榮名吾子齒尚少加勤無自輕努力圖樹立庶幾終有成

壽樓

碧瓦照日生青煙誰家高樓當道邊昨日丁丁斤且斲今朝朱欄横翠幕主人起樓何太高欲誇富力壓群豪樓中女兒十五六紅膏畫眉雙鬢緑日暮春風吹管弦過者仰首皆留連應笑樓前騎馬客腰垂金章頭已白苦貪名利損形骸争若庸愚恣聲色朝見

騎馬遲暮見騎馬歸經年無補朝廷事何用區區來往爲

試院聞奚琴作

奚琴本出奚人樂奚虜彈之雙淚落抱琴置酒試一彈曲罷依然不能作黄河之水向東流鳧飛鴈下白雲秋岸上行人舟上客朝來暮去無今昔哀絃一奏池上風忽聞如在河舟中絃聲千古聽不改可憐纖手今何在誰知着意弄新音斷我罇前今日心當時應有曾聞者若使重聽須淚下

乞藥有感呈梅聖俞

宣州紫沙合圓若截耶筒偶得今十載走宦（一作官）南北東持之瑆俞家乞藥戒羸僮瑆俞見之喜遽以手磨礱謂此吾家物問誰持贈公因嗟與君交事事無不同憶昔初識面青衫游洛中高標不可揖杳若雲間鴻不獨體輕健目明仍耳聰爾來三十年多難百憂攻君晚得奇藥靈根斸離宫其狀若狗蹄其香比芎藭愛君方食貧面色悦以豐不憚乞餘劑廢幾助衰癃平時一笑歡飲酒各争雄向老百病出區區論藥功衰盛物常理循環勢無窮寄語少年兒慎勿笑两翁

擬剥啄行寄趙少師

剥剥復啄啄，柴門驚鳥雀。故人千里駕，信士百金諾。搢紳相趨動顔色，閭巷歡呼共嗟愕。顧我非惟慰寂寥，於時自可警偷薄。事國十年憂患同，酣歌幾日暫相從。酒醒初不戒徒馭，歸思瞥起如飛鴻。車馬闐然人已去，荷鋤却向野田中。

絶句 臨薨作

冷雨漲焦陂，人去陂寂寞。惟有霜前花，鮮鮮對高閣。

聯句三首

冬夕小齋聯句寄梅聖俞 陸經

寒牕明夜月（歐。一作夜自明）散帙耿燈火破硯裂冰澌（陸）敗

席薦霜苛廢書浩長吟（歐）想子實勞我清篇追曹劉

（陸）若語侔島可酬飲每頹山（歐）談笑工多輠駕言當

有期（陸）歲晚何未果幽夢亂如雲（歐）別愁牢若鎖雪

水澌連漪（陸）春枝將婀娜客心莫遲留（歐）苑（一作花）葩

即紛墮何當迎笑前（陸）相逢嘲飯顆（歐）

劒聯句（范仲淹　滕宗諒）

聖人作神兵以定天下厄（范）蚩尤發靈機干將構雄

績（歐）橐籥天地開鑪冶陰陽闢（滕）南帝輸火精西皇

降金液（歐）炎炎崑岡熒洶洶洪河擘（范）雷霆助意氣

日月淪精魄 滕 神氣不在大錯落就三尺直淬靈溪
泉橫磨太行石 歐 雄雌威並立晝夜光相射 范 提攜
風雲生指顧煙霞寂 滕 堅剛正人心耿介志士跡 歐
初疑成夏鼎魑魅世所適 滕 又若引吳刀犀象謂 疑
無陽 范 截波虬尾滑脱浪鯨牙直頑冰挂陰霤皎月
棄孤隙 歐 河角起彗氣雲罅露秋碧曉鐔星斗爛夜
匣飛龍宅 范 舞酣霰雪回彈俊球琳擊鮮揺霅水光
膩刮湘山色 滕 青蛟渴雨瘦素虺蟠霜瘠 歐 清音鏘
以鳴寒姿堅且澤 范 鬼類喪影響佞黨摧肝膈 歐 一
旦會神武四海屠兇逆 范 周王奉天討商郊千里赤

歐楚子摽軍聲秦師，萬首白祥輝冠吳楚殺氣横燕
易范與君斬鼇足八極停震虢歐與君剸鵬翼三辰
增焕赫莫使化猿翁辱我爲幻惑范莫使暴虎人屈
我執仇敵滕尊嚴俟冠冕左右舞干戚歐功成不可
留延平空霹靂范

鶴聯句 范仲淹 滕宗諒

上霄降靈氣鍾此千年禽范幽閑靖節性孤高伯夷
心歐頡頏紫霄垠飄飖滄浪潯歐岳湛有仙姿釣韶
無俗音范毛滋月華淡頂粹霞光深歐目流泉客淚
翅垂羽人襟滕騰漢雪千丈點溪霜半尋范纖喙礪

青鐵脩脛雕碧琳歐巖棲千溪樹澤飲畢朱汵滕鸞
皇自墳箎燕雀徒商參范獨趐脩瓊枝群舞傾瑤林
歐病餘霞雲段夢回松吹吟滕靜嫌鸚鵡言高笑鴛
鴦淫范金清泠澄澈玉格寒蕭森歐潔白不我恃腥
羶非所任滕稻粱不得已蟣虱胡爲侵范天池憶鵬
遊雲羅傷鳳沈滕風流超縞一作起續素雅淡絶規箴歐
相親長道情偶見銷煩襟范西漢惜馮唐華皓欲投
簪歐南朝仰衛玠清羸疑不禁滕端如方直臣處群
良廷欽范介如廉退士鶴秋猶在陰范幾誚鷹隼鷙
鷹韝俄見臨歐還嗤鳧鷺貪弋繳終就擒歐乘軒乃

一芥空籠仍萬金滕片雲伴遥影冥冥越煙岑范長
颸送逸響亭亭疑出一作幽霜砧歐蓬瀛忽往來桑田
成古今歐顧下八佾庭鼓舞薰風琴滕

來鸑堂與趙叔平王禹玉王原叔韓子華聯
句嘉祐三年見華陽集續增添

賢俟謝郡歸從游樂吾黨林泉富餘地卜築踈陳蕃
是時春正中來鸑音下上若賀大厦成喜留衆賓嘗
條得名因談笑揮墨粲題榜所夸賢豪盛豈止池榭
廣人心樂且閑鳥意頡而頏吟罇歠花軒醉枕酣風
幌脩輕雲薄藻棟初日麗珠綱紅袂生暗香清絃泛

餘響林深隱飛蓋岸曲遲去槳波光欄檻明竹飛衣巾爽珪虛容涼檝入影與文漣蕩晨颸轉緑蕙夕雨滋膏壤嘉辰喜盍朋命駕期屢往觴詠陶潄真世俗豈吾傲洙得以為勝游蕭然散煩想公子國好士世德復可象今此大基構不圖專奉養美哉風流存來葉足師仰絳賢侯謂鎮東軍節度觀察留後李端愿

桐花 花照（一作先照）

餞[illegible] 自讒（讒字疑）

送楊員外 南宮（疑是南官）

包欒有感 斸（一作斵）物常（一作有常）

冬夕小齋聯句 酣飲（一作醺酣）談笑（一作笑談）苑葩（一作芘蘤）

鶴聯句 羽人襟　煩襟（此詩重押襟字其上疑作衿）

外集卷第五　　歐陽文忠公集五十五

律詩一

漢宫

桂館神君去，甘泉輦道平。翠華飛蓋下，豹尾屬車迎。曉露寒浮掌，光風細轉旌。廊回偏費步，珮遠尚聞聲。玉樹人間老，珊瑚海底生。金波夜夜意，偏照影娥清。

送劉半千平陽簿 假道歸故里

嶺梅歸驛路，迢迢越鳥巢。傾木半喬松，徑就荒聊應召。桂叢留隱定相招，家庭噪鵲爭喧樹，夜帳驚猿白擁條。何處秋風催客鬢，青絲恐逐物華凋。一作銷

樓頭

百尺樓頭萬疊山楚江南望隔晴煙雲藏白道天垂幕簾捲黃昏月上弦桑落蒲城催熟酒柳衰章陌感凋年髮光如葆寧禁恨不待爲郎已颯然

夕照

夕照留歌扇餘輝上桂叢霞光晴散錦雨氣晚成虹燕下鸊池草烏驚傍井桐無慘照湘水丹色映秋風

送張學士知郢州

漢郎清曉赤墀趨楚老西來望隼旟侍史護衣薰蕙草轆轤要劒從驪駒陽春繞雪歌低扇油幕連雲水

泛渠千里脩門對滸浦好尋遺玦弔三閭

曉詠

簾外星辰逐斗移紫河聲轉下雲西九雛烏起城将曙百尺樓高月易低露裛蘭茗惟有淚秋荒桃李不成蹊西堂吟思無人助草滿池塘夢自迷

禁火

火禁閑何晚春芳半已凋柳風兼絮墜榆雨帶錢飄淚蔫蘭膏盡弦虧桂魄消祓蘭流水曲游禊一相招

送趙山人歸舊山

歷貫江山思不休霜飛翠葆忽驚秋吟抛楚畹蘭茗

老歸有淮山桂樹留聒耳春池蛙兩部比封秋塢橘千頭嗔條愁穎真堪愧莫染衣塵更遠遊

閑居即事

巷有容車陋門無載酒過池喧蛙愁雨客去雀驚羅握臂如枝骨衰絃繁一作擊筋歌無聲漳浦卧還似詠中阿

傷春

蕙蘭蹊徑失芳期風雨春深怯减衣卷箔高樓驚燕入揮絃遠目送鴻歸蜂催釀蜜愁花盡絮撲暄條如雪飛欲識傷春多少恨試量衣帶付要圍

公子

黄山閑苑獵初回絳樹分行舞迹來下馬春場雞鬭距鳴弦初日雉驚媒犀投博齒呼成白橋陽車音聽似雷不問春蠶眠未起更尋桑陌到春臺

夜意

蕙炷爐薰斷蘭膏燭艷煎夜風多起籟曉月漸虧弦鵲去星低漢烏啼樹暝煙惟應墻外柳三起復三眠

寄張至祕校

關山一里一重愁念遠傷離兩未休南陌望窮雲似帳西樓吟斷月如鈎柳綿飛後一作處春應減蘭徑荒

時客倦游擬寄東流問溝水亦應溝水更東流

寄徐巽秀才

瑶花飛雪蕩離愁鷴鵠驚風下緑疇睢苑樹荒誰共客楚江楓老獨悲秋千重錦浪飜如箭萬疊春山翠入樓章陌柳條今在否定臨溝水拂東流

寄劉昉秀才

絲路縈回細入雲離懷南陌草初薰茂林脩竹誰同禊明月春蘿定勒文蕪憶銅鞮来不定鴻歸碣石信難分東風鸎友應相望懊惱孤飛不及羣

送客回馬上作

南浦空波綠西陂夕照寒瑶華傷遠道芳草送歸鞍翠斂遥山疊氛收古澤寬衰容畏秋色不及楚楓丹

西征道中送陳舅秀才北歸

綦甓風流謝舅賢髮光如葆惜窮年人隨黃鵠飛千里酒滿樓烏送一絃望驛早梅迎遠使拂鞍衰柳拗歸鞭越禽胡馬相逢地南北思歸各黯然

送目

送目衡一作蘅皋望不休江蘋高下遍汀洲長堤柳曲妨回首小苑花深礙倚樓楚徑蕙風消病渴洛城花雪蕩春愁流杯三日佳期過擲度蘭波負勝遊

春曉

小閤回殘夢開簾轉曉暉露寒風不定花落鳥驚飛
病渴徧思柘一作蔗楚詞漢志作柘晉書杜詩作蔗朝寒怯減衣沈錢
將謝雪持底送春歸

劉秀才宅對弈 昉

烏巷袑邀謝墅中紫囊香珮更臨風塵驚野一作烽火
遥知獵目送雲羅但聽鴻六着比犀鳴博勝百嬌柘
矢捧壺空解衣對子歡何極玉井移陰下翠桐

送李寔

幾幅歸帆不暫停吳天遥望斗斗橫香薰翠被秉青

翰波暖屏風詠紫莖江水自隨潮上下月輪閑與蚌虧盈河橋折柳傷離後更作南雲萬里行

早夏鄭工部園池

夜雨殘芳盡朝暉宿霧收蘭香纔馥徑柳暗欲翻溝夏木繁堪結春蹊（一作畦）翠已稠披襟楚風快伏檻更臨流

舟中寄劉昉秀才

東南天闊漾歸流西北雲高斷寸眸明月隨人來遠浦青山荅鼓送行舟歸心遂夢成魚鳥夜漢看星識斗牛釃（一作䤈）酒開樽誰共醉清江聊且玩游儵（一作鯈游）

月夕

月氣初升海屏光，半隱扉寒消覺春盡漏永送籌稀。蘭燭風驚燼煙，簾霧濕衣清羸急，寛帶頻減故時圍。

奉送叔父都官知永州

虎頭盤綬貴，垂紳青組名郎，領郡頻畫鷁千艘，隨下瀨聽雞五鼓，送行人楚波漾楫萍如日，淮月開舲蚌有津千里，壺漿民詠溢檣烏旟隼下汀蘋。

柳

綠樹低昂不自持，河橋風雨弄春絲，殘黄淺約眉雙斂，欲舞先誇手小垂，快馬折鞭催遠道，落梅横笛共

餘悲長亭送客兼迎雨費盡春條贈別離

舟中望京邑

東北歸川決決流汎艎青渚暫夷猶遥登灞岸空回首不見長安但舉頭揮手絃琴空墮睫開樽魯酒不忘憂青門柳色春應遍猶自留連杜若洲

小園

桂樹鴛鴦起蘭苕翡翠翔風高絲引絮雨罷葉生光蝶粉花霑紫蜂茸露濕黄愁酲與消渴容易為春傷

即目

李徑陰森接翠疇押簾風日澹清秋晚烏藏柳棲殘

騁遠燕傷風失故樓星漢經年雖可望雲波千疊不緘愁平居華帶頻移孔誰問無憀沈隱侯

南征道寄相送者

楚天風雪犯征裘誤拂京塵事遠遊謝墅人歸應作詠灞陵岸遠尚回頭雲含江樹看迷所目逐歸鴻送不休欲借高樓望西北亦應西北有高樓

楚澤

宿莽湘纍怨幽蘭楚俗謡紫屏空自老翠被豈能招欲就蒼梧訴愁迷澧浦遥哀猿羗晝晦悲鵠衆芳凋紅壁丹砂板瓊鈎翡翠翹如何搴香杜一作杜若江上獨

無悔

題金山寺

地接龍宫漲浪賒，鷲峯岑絶倚雲斜。嵓披宿霧三竿日，路引迷人四照花。海國盗牙爭起塔，河童施鉢但驚沙。春蘿攀倚難成去，山谷疎鍾落暮霞。

送賓秀才

晴原高下細如鱗，樹轉城回路欲分。望月西樓人共遠，躍鞍南陌草初薰。短亭山翠偏多疊，送目鴻鷩不及羣。一驛賦成應援筆，好凴飛翼寄歸雲。

旅思

調苦歌非樂岐多淚始零羞彈長鋏劔終戀五侯鯖
陌草薫沙緑江楓照岸青南陵動歸思蘭槳向春馨

仙意

孤桐百尺拂非煙鳳去鸞歸夜悄然滄海風高愁燕
遠扶桑春老記蠶眠槎流千里纔成曲桂魄經旬始
下弦獨有金人寄遺恨曉盤雲液冷涓涓

聞朱祠部罷潯州歸闕

漢柱題名墨未乾南州坐布政條寬嶺雲路隔梅欹
驛使駒秋歸柳拂轂建禮侵晨趨冉冉明光賜對佩
珊珊潁川此召行聞拜冠頰凝塵俟一彈

勸征

沈約傷春思愁含倦久游帆歸黄鶴一作鸛浦人滞白蘋洲乳燕差池遠江禽格磔淳物華真可玩黑鬢恐逢秋

鄭駕部射圃

夢草西堂射圃連蘭茗初日露華鮮暈含畫的弦開月牙弄行籌酒滿船鏤管思催吟韻劇妓簾陰薄舞衣翻當筵獨愧探牛炙儉府芙蓉客盡賢

甘露寺

雲樹千尋隔翠微給園金地敞仁祠講花飄雨諸天

近春漏歇蓮白日遲引鉢當空時取露殘灰經刼自成池危欄徙倚吟忘下九子鈴寒塔影移

送友人南下

河橋別柳減春條隔浦挐音聽已遥千里羨尊誇敵酪滿池瀧稻欲鳴蜩東風楚岸神靈雨殘月吳波上下潮如弔湘纍寒香一作杜若秋江斜日駐蘭橈

高樓

六曲雕欄百尺樓簾波不定瓦如流浮雲已映樓西北更向雲西待月鈎

榴花

絮亂絲繁不自持蜂黃蝶紫燕參差榴花最恨来時晚惆悵春期獨後期

宿雲夢館

北鴈来時歲欲昏私書歸夢杳難分井桐葉落池荷盡一夜西牎雨不聞

鸂鶒一作鵁

花殘如霰落紛紛紫陌空遺翠幰塵鸂鶒枉緣催節物年華不信有傷春

薫

銀蒜鈎簾宛地垂桂叢烏起上朝暉桂将玳瑁雕為

押遮掩春堂礙燕歸

行雲

疊疊煙波隔夢思離愁幾日滅要圍行雲自亦傷無定莫就行雲託信歸

琵琶亭上作

九江煙水一登臨風月清含古恨深濕盡青衫司馬淚琵琶還似雍門琴

柳

兩闊堤長走畫轅絮無梨雪墮春煙東風苑外千絲老猶伴吳蠶盡日眠

井桐

簷欹碧瓦拂傾梧，玉井聲高轉轆轤。腸斷西樓驚穩夢，半留殘月照啼烏。

雪中寄友人

楚岸梅香半入衣，凍雲銀鑠曉光飛。遥應便面逢人處，走馬章街失路歸。

與謝三學士絳唱和八首

和國庠勸講之什

春盡沂風暖，芹生泮水清。雙旌榮照路，博帶儼盈庭。函文師臨席，鏘金壁有經。諸生拜玉一作王衮，欣識象

丘形

和遊午橋莊

曉壇初畢祀犋蓋共尋幽鳥哢林中出泉聲冰下流攀條驚雪盡翻袂愛風柔好駐城南馬春（一作秦）桑徧陌頭

和龍門曉望

水霧濛濛曉望平悠然驅馬獨吟行煙嵐明滅川霞上凌亂空山百鳥驚

除夜偶成拜上學士三丈

萬瓦青煙夕靄生斗杓迎歲轉東城隋宮守夜沈香

燎楚俗驅神爆竹聲玉樹羅階家宴盛羽觴稱壽綵
衣榮九門朝客思公甚向曉天風舞雪霙

陪飲上林院後亭見櫻桃花悉已披謝因
成七言四韻

尋芳長恨見花遲豈意看花獨後期試藉落英聊共
醉爲憐殘蕚更攀枝清香肯以無人減幽艶惟應有
蝶知開謝兩堪成悵望傷春不到柳絲時

昨日偶陪後騎同適近郊謹成七言四韻
兼呈聖俞

堤柳纔黄已落梅尋芳弭蓋共徘徊桑城日暖蠶催

浴麥壠風和雉應媒別浦人嬉遺翠羽弋林春廢鏁歌臺歸鞍暮逼宮街鼓府吏應驚便面回

和八月十五日齋宮對月

皓月三川靜晴氛萬里銷靈光望日滿寒色入波揺灝氣成山霧浮雲蔽壠苗廟荒陰燐出苑廢露瑩飄齋館心方寂秋城夜已遥清談對元亮瓊彩映蕭蕭

送學士三丈（一作送謝學士歸闕）

供帳洛城邉（三字一作拂雲煙）征轅（一作鞍）去莫攀人醒風外酒馬度雪中關故（一作舊）府誰同在新年獨未還遥應行路者徧識綵衣斑

[illegible]王[illegible]篇居士集已載後十一篇其不同者悉寫兩[illegible]逸謝希深[illegible]諸家皆作送王學士疑希深弟[illegible]爲

外集卷第五

百嬌 疑用西京雜記百曉事

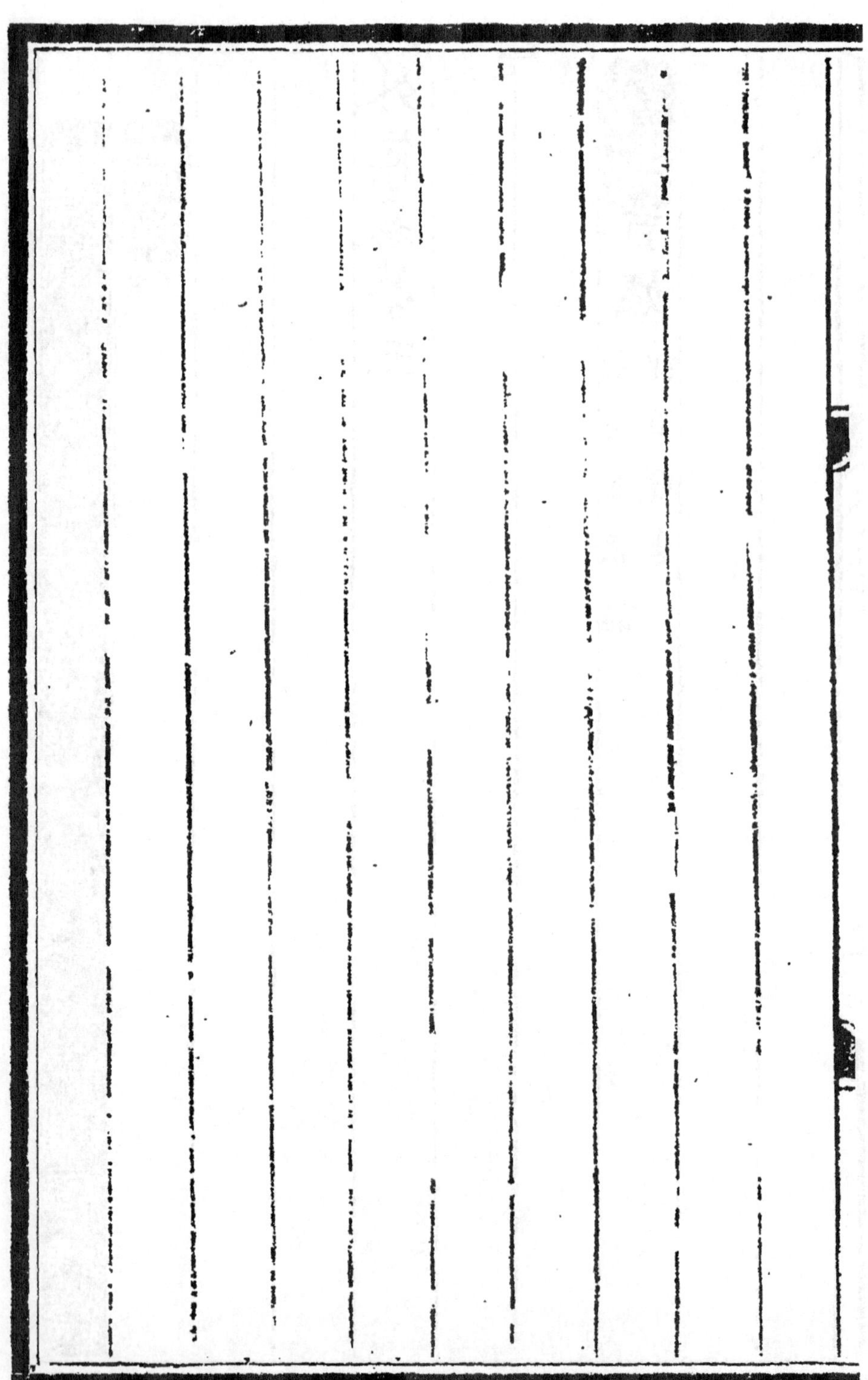

外集卷第六　　歐陽文忠公集五十六

律詩二

雙桂樓

嘉樹叢生秀茲樓層漢傍飛甍臨萬井伏檻出垂楊卷幕晴雲度披襟夕籟涼山河瞻帝里風月坐胡牀愛客東阿宴清歡壯海觴淮南多雅詠歲晚戢幽芳

題張應之縣齋

小官歎簿領夫子卧高齋五斗未能去一丘真所懷緑苔一作蘚長秋雨黄葉堆空堦縣古仍無柳池清尚有蛙琴觴開月幌窻戶對雲崖嵩少亦堪老行當與

子（一作子與）借

和梅聖俞杏花

誰道梅花早，殘年豈是春。何如豔風日，獨自占芳辰。

餞相中伏日池亭宴會分韻

罇俎逢佳節，簪纓奉宴居。林光拂衣冷，雲影入池虛。酒色風前綠，蓮香水上疎。飛談交玉麈，聽曲躍文魚。矜穫春苞解，紅榴夏實初。睢園多羡物，能賦謝相如。

送辛判官

被薦方趨召，還鄉仍綵衣。看山向家近，上路逐鴻飛。結綬同爲客，登高獨送歸。都門足行者，莫訝柳條稀。

叢翠亭

柳色滿重城，岩岩出翠甍。春雲依檻暖，夕照落山明。走馬章街曉，飜鴻洛浦晴。清罇但留客，桴鼓晝無驚。

賀九龍廟祈雪有應

真宰調神化，幽靈應不言。朝雲九淵闇，暮霰六花繁。朔吹縈歸旆，寳裾載後軒。睢園有客賦，郢曲幾人飜。槐座方虛位，鋒車佇改轅。顧移盈尺瑞，為雨徧羣元。

早春南征寄洛中諸友

楚色窮千里，行人何苦賒。芳林逢旅鴈，候館噪山鵶。春入河邊草，花開水上槎。東風一罇酒，新歲獨思家。

花山寒食

客路逢寒食，花山不見花。歸心隨北雁，先向洛陽家。

寒食値雨

禁火仍風雨，客心愁復悽。陰雲花更重，春日水平堤。油壁逢南陌，鞦韆出緑蹊。尋芳無厭遠，自有錦（一作還，一作西）障泥。

寄謝晏尚書二絶

送盡殘春始到家，主人愛客不須嗟。紅泥煮酒嘗青杏，猶向臨流藉落花。

爛漫殘芳不可收，歸來惆悵失春遊。緑陰深處聞啼

鳥猶得追閑果下騮

留守相公移鎮漢東

周郊徹楚坰，舊相擁新旌。路識青山在，人今白首行。相公舊有方城題句問農穿稻野，候節見梅英。腰組人稀識，偏應邸吏驚。

寄聖俞

平沙漫去聲飛雪，行旅斷浮橋。坐覺山陂阻，空嗟音信遥。窮陰變寒律，急節慘驚飈。野霽雲猶積，河長冰未銷。山陽人半在，洛社客無聊。寄問陶彭澤，籃輿誰見邀。

紫舍人金霞閣

簷前洛陽道下聽走轅聲樹蔭春城綠山明雪野晴
雲藏天外闕日落柳間營緩步應多樂壺歌詠太平

送王公槤判官

久客倦京國言歸歲已冬獨過伊水渡猶聽洛城鐘
山色經寒綠雲陰入暮重臘梅孤館路疲馬有誰逢

伊川獨遊

綠樹遶伊川人行亂石間寒雲依晚日白鳥向青山
路轉香林出僧歸野渡閑巖阿誰可訪興盡復空還

遊彭城公白蓮莊

謝墅多幽賞華軒曾共尋人閑聊載酒臺迴獨披襟水落陂光淡城當山氣陰惟餘桃李樹日覺翠蹊深

普明院避暑

選勝避炎鬱林泉清可佳拂琴驚水鳥代麈折山花就簡刻筠粉浮甌烹露芽歸鞍微帶雨不惜角巾斜

送高君先輩還家

閑居寂寞面重城過我時欣倒屣迎入洛機雲推俊譽遊梁枚馬得英聲風晴秀野春光變梅發家林鳥哢輕秖待登高成麗賦漢庭推轂有公卿

憶龍門

楚客有歸心因聲道故岑依依動春色藹藹望香林

山日巖邊下溪雲水上霽遙知懷洛杜應復動鄉吟

贈梅聖俞 時聞敗舉

黃鵠刷金衣自言能遠飛擇侶異棲息終年脩羽儀

朝下玉池飲暮宿霜桐枝徘徊且垂翼會有秋風時

郡人獻花

蝶遶蜂遊露滿盤芳條可惜折來殘我緣多病經春

臥砌下花開不暇看

龍門泛舟晚向香山

暫解塵中紱來尋物外遊褰蘭流水曲弄桂倚山幽

波影巖前緑灘聲石上流忘機下鷗鳥至樂翫游儵梵響雲間出殘陽樹杪收溪窮興不盡繫榜且淹留

荷葉與梅二分題

採掇本芳陂移根向玉池晴香滋白露翠色弄清漪雨歇涼飈起煙明夕照移如何江上思偏動越人悲

早赴府學釋奠

羽籥興東序春秋紀上丁行祠漢丞相學禮魯諸生俎豆兼三代罇罍奠兩楹霧中槐市暗日出杏壇明音齒公卿胄嘗聞絃誦聲何須向闕里首善本西京

和晏尚書夏日偶至郊亭

關關啼鳥樹交陰，雨過西城野色侵。避暑誰能陪劇飲，清歌自可滌煩襟。稻花欲秀蟬初噪，菱蔓初長水正深。知有江湖杳然意，扁舟應許共追尋。

和晏尚書自嘲

未歸歸即秉鴻鈞，偷醉閑亭醉幾春。與物有情寧易得，莫嗔花解久留人。

題薦巖院

那堪多難百憂攻，三十衰容一病翁。卻把西都看花眼，斷腸來此哭東風。

寄題嵩巫亭

平地煙霄向此分，繡楣丹檻照清芬。一作汾風櫳暮捲秋空碧，剩見西山數嶺雲。

題淨慧大師禪齋景德寺普光院

巾屨諸方遍，蔔苫一室前。萎花吟次一作處落，孤月定中圓。齋鉢都人施，談機海外傳。時應暮鍾響，來度禁城煙。

琵琶亭

樂天曾謫此江邉，已嘆天涯涕泫然。今日始知予罪大，夷陵此去更三千。

初至虎牙灘見江山類龍門

曉鼓潭潭客夢驚，虎牙灘上作船行。山形酷似龍門秀，江色不如伊水清。平日兩京人少壯，今年三峽歲崢嶸。卧聞乳石淙流響，疑是香林八節聲。

題張損之學士蘭皐亭

碕岸棲芳蹊，琴觴此自怡。林花朝落砌，山月夜臨池。雨積蛙鳴亂，春歸鳥哢移。惟應乘興客，不待主人知。

霽後看雪走筆呈元珍判官二首

江上寒山秖對門，野（一作山）花巖草共嶙峋。獨吟羣玉峯前景，閑憶紅蓮幕下人。

嘉景無人把酒看（一作尊），縣樓終日獨凭欄。山城歲暮

驚時節已作春風料峭寒

送致政朱郎中

平生不省問田園白首忘懷道更尊已上印書辭北闕稍留冠蓋餞東門馮唐老有為郎戀疏廣終無任子恩今日榮歸人所羨兩兒腰綬擁高軒

留題安州朱氏草堂

俯檻臨流蕙徑深平泉花木繞陰森蛙鳴鼓吹春喧耳草暖池塘夢費吟賭墅乞甥賓對弈驚鴻送目手揮琴嗟予遠捧從軍檄不得披裘五月尋

題光化張氏園亭

君家花幾種来自洛之濱惟我曾遊洛看花若故人

芳菲不改色開落幾經春陶令来常醉山公到最頻

曲池涵草樹啼鳥悦松筠相德今方賴思歸未有因

和聖俞百花洲二首

野岸溪幾曲松公一作沿溪踐穿翠陰不知芳渚遠但愛緑

荷深

荷深水風闊雨過清香發暮角起城頭歸橈帶明月

魚

秋水澄清見髮毛錦鱗行處一作慢水紋揺岸邊人影

驚還去時向緑荷深處跳

月

天高月影浸長江江闊風微水面涼天水相連爲一色更無纖靄隔清光

棖子

嘉樹團團俯可攀壓枝秋實漸斕斑朱欄碧瓦清霜曉粲粲繁星綠葉間

初冬歸襄城弊居

日落原野晦天寒閭市鬧牛羊遠陂去鳥雀空簷間憑高植藜杖曠目瞻前山壠麥風際綠霜鷄村外還禾黍日已熟杯酒聊開顔酣歌歲云暮寂寞向柴關

和晏尚書對雪招飲

瑶林瓊樹影交加，誰伴山翁醉帽斜。自把金船浮白蟻，應須紅粉唱梅花。

滑州歸鴈亭

長河終歲足悲風，亭古臺荒半倚空。惟有鴈歸時景早，柳含微綠杏粘紅。

送黄通之鄭鄉

君子貴從俗，小官能養賢。無慚折腰吏，勉食落頭鮮。均人相尚食腐魚，故俗傳為落頭鮮。困有亨之理，窮當志益堅。惟宜少近禍，親髮況皤然。

秋日與諸君馬頭山登高

晴原霜後若榴紅，佳節登臨興未窮。日泛花光摇露際，酒浮山色入樽中。金壺恣灑毫端墨，玉麈交揮席上風。惟有淵明偏好飲，籃輿酩酊一衰翁。

送楊君歸漢上

我昔謫窮縣，相逢清漢陰。拂塵時解榻，置酒屢横琴。介節溫如玉，嘉辭擲若金。趣當鄉士薦，無滯計車音。

後潭遊船見岸上看者有感（河朔之俗不知嬉遊，大名與真定以三月十八日爲行樂之日，其俗頗盛）

喧喧誰暇聽歌謳，浪遶春潭逐綵舟。爭得心如汝無

事明年今日更来遊

春日獨居

衆喧争去逐春遊獨静誰知味最優雨霽日長花爛漫春深睡美夢飄浮常憂任重才難了偶得身閑樂暫偷因此益知爲郡趣乞州仍擬乞山州

得滕岳陽書大誇湖山之美郡署懷疑物甚野其意有戀著之趣作詩一百四十言爲寄且警激之

峭巇孤城倚平湖遠浪来萬尋迷島嶼百仞起樓臺太守凭軒處群賓奉笏陪清霜薦丹橘積雨過黄梅

逸思歌湘曲道文繼楚材魚貪河岫樂雲忘帝鄉回遙信雙鴻下新緘尺素裁因閑誇野景一作境自笑擁邊埃龍漠方多孽旄頭久示災旌旗時映日鼙鼓或驚雷有志皆嘗膽何人可鑿坏儒生半投筆牧豎亦輸財沮澤辭猶慢蒲萄館未開支離莫攘臂天子正求才

幽谷種花洗山

洗出峯巒看臘雪栽成花木趁新年史君功行今將滿誰肯同來作地仙

鷺鷥

激石灘聲如戰鼓，翻天浪色似銀山。灘驚浪打風雞兩，獨立亭亭意愈閑。

贈歌者

病客多年掩綠罇，今宵爲爾一顔醺。可憐玉樹庭花後，又向江都月下聞。

初春

新年變物華，春意日堪嘉。霽色初含柳，餘寒尚勒花。風絲飛蕩漾，林鳥哢交加。獨有無悰者，誰知老可嗟。

送田處士

秦士多豪俠，夫君久遁名。青山對高卧，白首喜論兵。

氣古時難合詩精一作清格入評公車不久召歸袖夕風生

行次壽州寄内

紫金山下水長流嘗記當年此共遊今夜南風吹客夢清淮明月照孤舟

答呂太傅賞雙蓮

年來因病不飲酒老去無悰懶作詩我已負花常自愧君須屢醉及芳時漢宫姊妹爭新寵湘浦皇英望所思天下從來無定色況將鉛黛比天姿

酬孫延仲龍圖

洛社當年盛莫加洛陽耆老至今誇梅聖俞張堯夫張子野延仲與予皆在洛中死生零落餘無幾齒髮衰殘各可嗟北庫酒醪君舊物延仲前守汝陰西湖煙水我如家已將二美交相勝仍枉新篇麗彩霞

常州張卿養素堂

江左衣冠世有名幾人今復振家聲朝廷獨立清冰節閭里歸来白首鄉志在言談猶慷慨身閑耳目益聰明長松野水誰爲伴顧我堪羞戀寵榮

西湖泛舟呈運使學士張掞

波光柳色碧溟濛曲渚斜橋畫舸通更遠更佳唯恐

盡漸深漸密似無窮綺羅香裏留佳客絃管聲来颺

晚風半醉迴一作遲 舟迷向背樓臺高下夕陽中

去思堂會飲得春字 甲午四月潁州張唐公座上

世事紛然百態新西岡一醉十三春自慚白髮隨年

少猶把金鍾勸主人黄鳥亂飛深夏木紅榴初發艷

清最佳時易失閑難得有酒重来莫猒頻

太傅相公入陪大祀以疾不行聖恩優賢詔

書俞允發於感遇紀以嘉篇小子不揆輙亦

課成拙惡詩一首

驛騎頻来急詔隨都人相與竊嗟咨自非峻節終無

改安得淸衷久益思前席蓋將求讜議在庭非爲乏

陪祠尊賢優老朝家美他日安車召未遲

寄子春發運待制

廣陵花月嘗同醉雕苑風霜暫破顔但喜交情久彌重休嗟人事老多艱壯心未忍悲華髮强飲猶能倒玉山留滯江一作五湖應不久多爲春酒待君還

答許發運見寄許詩云芍藥瓊花應有恨維揚新什獨無名

瓊花芍藥世無倫偶不題詩便怨人曾向無雙亭下醉自知不負廣陵春

贈廬山僧居訥

方瞳如水衲披肩邂逅相逢為洒然五百僧中得一七始知林下有遺賢

過塞二首 一首已見居士集

身驅漢馬踏胡霜每嘆勞生祇自傷氣候愈寒人愈北不如征鴈解隨陽

晏元獻公挽辭三首

接物襟懷曠推賢品藻精謀猷存二府臺閣徧諸生帝念宫臣舊恩隆袞服榮春風緣野迥千兩送銘旌

四鎮名藩忽十春歸来白首兩朝臣上心方喜親耆德物論猶期秉國鈞退食圖書盈一室開罇談笑列

嘉賓昔人風采今人少慟哭何由贖以身
富貴優游五十年始終明哲保身全一時聞望朝廷
重餘事文章海外傳舊館池臺閑水石悲笳風日慘
山川解官制服門生禮慙負君恩隔九泉

酬滑州公儀龍圖見寄

畫舫齋前舊菊叢十年開落任秋風知君爲我留紅
萮猶記栽花白髮翁

外集卷第六

題張應之縣學夫子一作丈人

錢相中伏日池亭宴會分韻中伏集本皆作中秋而詩無秋意又梅聖俞同賦此題亦云中伏且有徂暑之句今改正

寄聖俞聊一作參

歸襄城弊居古詩誤入律詩中

霽後看雪呈元珍判官第一首

野花一作春花嶙峋一作璘珣

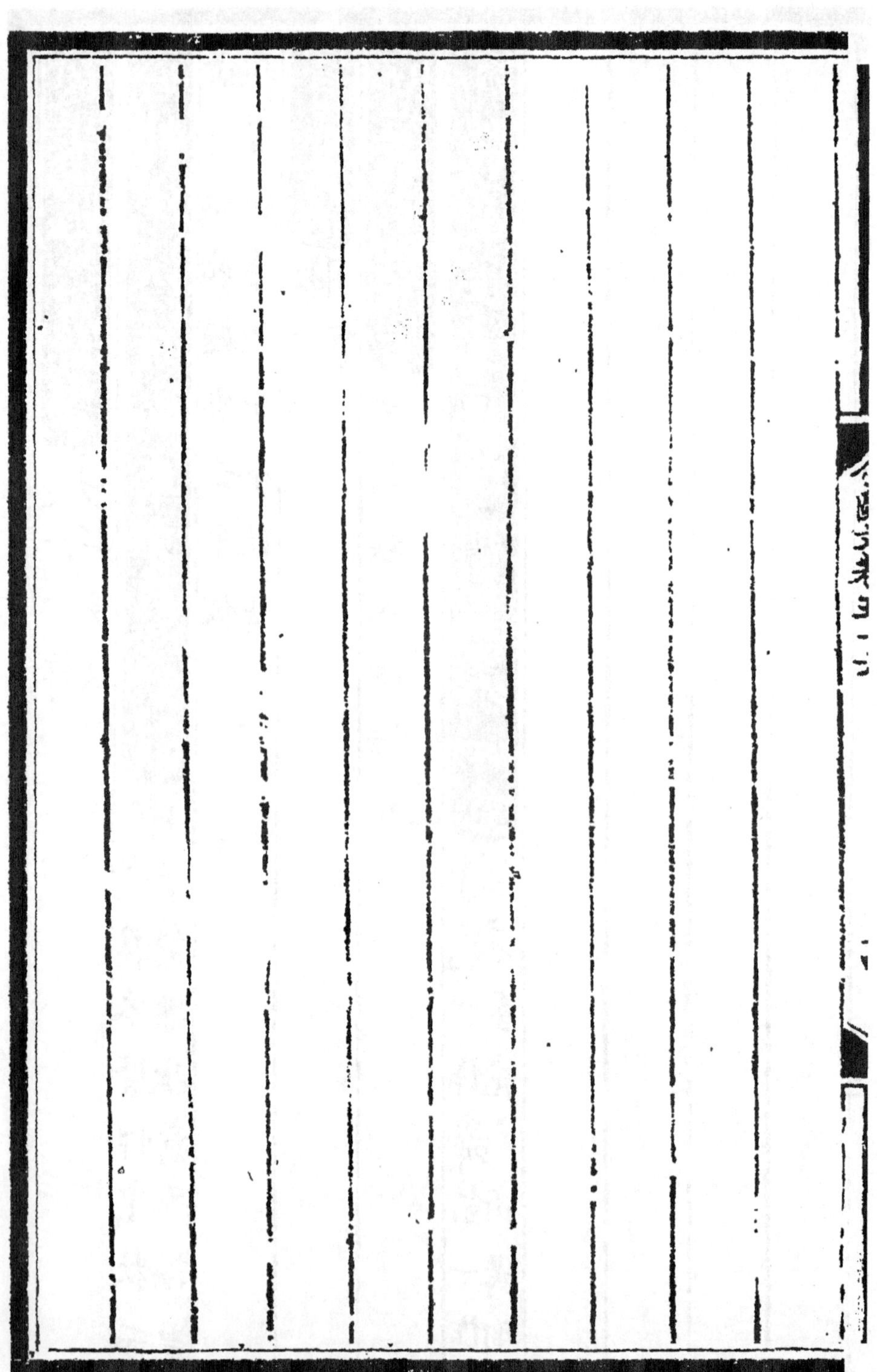

外集卷第七　　　　歐陽文忠公集五十七

律詩三

贈王介甫

翰林風月三千首，吏部文章二百年。老去自憐心尚在，後來誰與子爭先。朱門歌舞爭新態，緑綺塵埃試拂絃。常恨聞名不相識，相逢罇酒盍留連。

蘇才翁挽詩二首

握手接歡言，相知二十年。文章家世事，名譽弟兄賢。可惜英魂掩，惟餘醉墨傳。秋風衰柳岸，撫柩送歸船。

雄心壯志兩崢嶸，誰謂中年志不成。零落篇章為世

寶平生風義見交情青松月下泉臺路白草原頭薤露聲自古英豪皆若此哭君徒有淚沾纓

送石揚休還蜀

長愛謫仙誇蜀道送君西望重吟哦路高黄鵠飛不到花發杜鵑啼更多清禁寒生鳳池水繡衣榮照錦江波昔年同舍青衿子夾道歡迎鬢已皤

和景仁試明經大義多不通有感

庠序制猶闕鄉閭教不行古於經學政今也藝虛名來者益可鄙待之因愈輕無徒誚其陋講勸在公卿

和公儀試進士終場有作

朝家意在取遺才樂育推仁亦至哉本欲勵賢敦古學可嗟趨利競朋來昔人自重身難進薄俗多端路久開何異鱣魴爭尺水巨魚先已化風雷

久在病告近方赴直偶成拙詩二首

經時移病久端居玉署新秋獨直廬夜靜樓臺落銀漢人閑鈴索少文書江湖未去年華晚燈火微涼暑雨初敢向聖朝辭寵禄多慙禁籞（一作闕）養慵蹤

清晨下直大明宮馳馬悠然宿霧中金闕雲開滄海日天街雨後緑槐風歲華忽忽雙流矢鬢髮蕭蕭一病翁名在玉堂歸未得西山畫閣興何窮

送潤州通判屯田

船頭初轉兩旗開清曉津亭疊鼓催自古江山最佳處況君談笑有餘才雲愁海闊驚濤漲木落霜清畫角哀善政已成多雅思寄詩宜逐驛筒來

和劉原甫平山堂見寄

督府繁華久已闌至今形勝可躋攀山横天地蒼茫外花發池臺草莽間萬井笙歌遺俗在一罇風月屬君閑遥知為我留真賞恨不相隨暫解顔

送張吉老赴浙憲

吳越東南富百城路人應羡繡一作錦衣榮昔時結客

曾遊處今見焚香夾道迎治世用刑期止殺仁心聽獄務求生時豐訟息多餘暇無惜新篇屢寄聲

春日詞五首

宫壇青陌賽牛回玉琯管一作東風逗曉来不待嶺梅傳遠信剪刀先放綵花開

試粉東牕待曉廻共尋春柳傍香臺不驚樹裏禽初變共喜釵頭鷰已来

紅霧初開上曉霞共驚風色變年華香車遥認春雷響庭雪先開玉樹花

玉琯吹灰夜色殘雞鳴紅日上仙盤初驚百舌綿蠻

語已覺東風料峭寒

待曉銅荷剪蠟煤繡簾春色犯寒来畫眉不待張京兆自有新粧試落梅

走筆答原甫提刑學士慶曆五年詳見卷末

歲暮山城喜少留西亭尚欲挽行輈一罇莫惜臨岐別十載相逢各白頭

酬淨照大師説

佛説吾不學勞師忽款關吾方仁義急君且水雲閑意淡宜松鶴詩清叩珮環林泉苟有趣何必市廛間

和劉原父從幸後苑觀稻呈講筵諸公

禁籞皇居接香畦鏤檻邊分渠自靈沼種稻滿澁田六穀名居首三農政所先擢𦵏蒙德茂養實以時堅曉謁龍墀羅行瞻鳳蓋翩粹容知一作和喜色嘉瑞奏豐年褒病懃經學陪遊與俊賢安知帝力及但樂歲功全拜賜秋風裏分行黼座前自憐臺笠叟来綴侍臣篇

送薛水部通判并州

胷懷磊落逢知己氣略縱横負壯心玉麈生風賓滿坐金鱗照甲士如林牛羊日暖山田美雨雪春寒土屋深自古幽并重豪俠秖應行樂費黄金

鶴

樊籠毛羽日低摧野水長松眼暫開萬里秋風天外意日斜閑啄岸邊苔

鴈

来時沙磧已冰霜飛過江南木葉黄水闊天低雲暗澹朔風吹起自成行

鶻

依倚秋風氣象豪似欺黄雀在蓬蒿不知羽翼青冥上腐鼠相隨勢亦高

原甫致齋集禧余亦攝事後廟謹呈拙句兼

簡聖俞

受命分行攝上公，紫微人在玉華宮。樓臺碧瓦輝雲日，蓮芰清香帶水風。每接少年嗟老病，尚能聯句惱詩翁。凌（一作臨）晨已事追佳賞，綠李甘瓜興未窮。

同年祕書丞陳動之挽詞二首

場屋當年氣最雄，交游樽酒弟兄同。文章落筆傳都下，議論生鋒服座中。自古聖賢誰（一作猶）不死，況君門户有清風。凋零三十年朋舊，在者多為白髮翁。

富貴聲名豈足論，死生榮辱等埃塵。青衫照日誇春牓，白首餘年哭故人。盛德不忘存誌刻，話言能記有

朋親吴江草木春風動灑酒誰瞻壠樹新

奉和劉舍人初雪

夜雪填空曉更飄龍墀風冷珮聲高瓊花落處縈仙仗玉殿光中認赭袍下直笑談多樂事平時罇酒屬吾曹羨君年少才無敵顧我雖衰飲尚豪

暮春書事呈四舍人

樹陰初合莟注暈花蘂新成蜜滿脾鸎燕各歸巢哺子蛙魚共樂雨添池少年春物今如此老病衰翁了不知飽食杜門何所事日長偏與睡相宜

荷葉

池面風來波瀲瀲，波間露下葉田田。誰於水上張青蓋，罩却紅粧唱採蓮。

小池

深院無人鏁曲池，莓苔繞岸雨生衣。綠萍合處蜻蜓立，紅蓼開時蛺蝶飛。

釣者

風牽釣線裊長竿，短笠輕蓑細草間。春雨濛濛看不見一作足，水煙埋却面前山。

霜

一夜新霜著瓦輕，芭蕉心折敗荷傾。奈寒惟有東籬

菊金藥繁開曉更清

牛

日出東籬黄雀驚雪銷春動草芽生土坡平慢陂田闊横載童兒帶犢行

送劉虚白二首

祕訣誰傳妙若神能將題品徧朝紳因言禍福兼忠孝吾愛君平善誨人

我嗟韁鎖若牽拘久羨南山去結廬自顧豈勞君借譽偶然章服裹猿狙

劉丞相挽詞二首

南國鄰鄉邑東都並雋遊賜袍聯唱第命相見封侯
念昔趨黄閣相看笑白頭緘褒同俯仰旌旐送山丘
連章相府辭榮寵擁旆名都出鎮臨年少已推熊宰
社鄉人終不見揮金長蛟息浪歸帆穩喬木生煙藪
日深平昔家庭敦友愛可憐松檟亦連陰

寄大名程資政琳

龍門長恨晚方登便以忘年接後生談劇每容陪玉
麈飲豪常憶困金觥冰開御水春應緑雲破淮天月
自明醉倒離筵聽别曲醒來猶尚記餘聲

東齋對雪有懷

東齋坐客飲方豪誰報風簾雪已飄貪聽罇前歌裊裊不聞牕外響蕭蕭已憐殘臘催梅蘂更約新春探柳條共憶瀛洲人獨直神仙清景正寥寥

雪後玉堂夜直

雪壓宫墻鎖禁城沉沉樓殿景尤清玉堂影亂燈交晃銀闕光寒夜自明塵暗圖書愁獨直人閑鈴索久無聲鑾坡地峻誰能到莫惜宫壺酒屢傾

官舍假日書懷奉呈子華内翰長文原甫景仁舍人聖俞博士

鎖印春風雪入簾天寒鳥雀聚空簷青幡受歲兒童

喜白髮催人老病添艷舞回腰飛玉盞清吟擁鼻對
冰蟾相從一笑兩莫得薄領區區嘆米鹽

酬王君玉中秋席上待月值雨

池上雖然無皓魄鐏前殊未減清歡緑醅自有寒中
力紅粉尤宜燭下看羅綺塵隨歌扇動管絃聲雜雨
荷乾客舟閑卧王夫子詩陣教誰主將壇

中秋不見月問客

試問玉蟾寒皎皎何如銀燭亂熒熒不知桂魄今何
在應在吾家紫石屏

張仲通示墨竹嗣以嘉（一作佳）篇豈勝欽玩聊

以四韻仰酬厚貺

數竿蒼翠寫生綃，寄我公齋伴寂寥。不待雪霜常一作長凜凜，雖無風雨自蕭蕭。嗟予心志俱憔悴，羨子文章騁一作逞富饒。嗣以嘉一作佳篇誠厚貺，遠慚爲報乏瓊瑤。

奉寄襄陽張學士兄

果律綠水南山色，夢寐襄陽二十年。予昔遊漢上，嘗愛其山川，追念十六七年矣。顧我百憂今白首，羨君千騎若登仙。花開漢女游堤上，人看仙翁擁道邊。況有玉鍾應不負，夜槽春酒響如泉。

奉答聖俞宿直見寄之作

寒夜分曹直，嚴城隔幾層。予慚批鳳詔（一作諸）君歎守螢燈。病骨羸韋浦，官書蠹羽陵。無嫌學舍冷，文字比清冰。

和原甫舍人閣下午寢歸有作

遙知好睡紫微郎，枕簟清薰綠蕙芳。五色詔成人不到，萬年風動閣生涼。平時下直歸宜早，陋巷相過意未忘。楊子不煩多載酒，主人猶可具（一作共）黃粱。

聞原甫久在病告有感

東城移疾久離居，安得疑虵意盡祛。諸老何為譏賈

誼君王猶未識相如浮沉俗喜隨時態磊落材多與世疏誰謂文章金馬客飄同憔悴楚三閭

試筆

試筆消長日躭書遣百憂餘生得如此萬事復何求黄犬可爲戒白雲當自由無將一抔土欲塞九河流

齋宫感事寄原甫學士

曾向齋宫詠麥秋緑陰佳樹覆墻頭重來滿地新霜葉却憶初聞黄栗留

戲答仲儀口號

弊居回看如蛙穴華宇來棲若鷰身寄宿人家敢望筐歌

行樂事只憂無米過來春今年遠近大水稼穡何望

觀龍圖閣三聖御書應制

層構嚴清禁，披圖爛寶文。虹蜺光照物，龍鳳勢騰雲。妙極功歸一，真隨體自分。孝思遵寶訓，聖業廣惟勤。

題東閣後集一作題營丘集後

東閣三朝多大事，營丘二載足三字一作兩郡半閑辭。近詩留作歸榮集，何日歸田自集詩。

日長偶書

日長漸覺逍遙樂，何況終朝無事人。安得遂為無事者，人間萬慮不關身。

寄答王仲儀太尉素

豐樂山前一醉翁，餘齡有幾百憂攻。平生自恃（一作是）心無媿，直道誠知世不容。換骨莫求丹九轉，榮名豈在祿千鍾。明年今日如尋我，潁水東西問老農。

解官後答韓魏公見寄

報國勤勞已蔑聞，終身榮遇最無倫。老爲南畝一夫去，猶是東宫二品臣。侍從籍通清切禁，笑歌行作太平民。欲知念舊君恩厚，二者難兼始兩人。（新制推恩致仕許依舊兼職自王仲儀始今某仍出特恩）

余昔留守南都，得與杜祁公唱和詩，有答公

見贈二十韻之卒章云報國如乖願歸耕寧買田期無辱知己肯逐利名遷逮今二十有二年祁公捐館亦十有五年矣而余始蒙恩得遂退休之請追懷平昔不勝感涕輙爲短句寘公祠堂

掩涕發陳編追思二十年門生今白首墓木已蒼煙

報國如乖願歸耕寧買田此言今始踐知不愧黄泉

答端明王尚書見寄兼簡景仁文裕二侍郎二首

日久都城車馬喧豈知風月屬三賢唱高誰敢投詩

社行處人爭看地仙酒面撥醅浮大白舞腰催拍趂繁絃與公等是休官者方把鋤犁學事田

多病新還太守章歸來白首興何長琴書自是千金産日月閑銷百刻香尚有俸錢酤美酒自栽花圃趂新陽醉翁生計今如此一笑何時共一觴

寄題景純學士蔵春塢新居

清才四紀擅時名晚卜丘林遂解纓欲借青春蔵向此須知白首尚多情水浮花出人間去山近雲從席上生漫一作謾說帝朝堪大隱仙家誰信在重城

會老堂

古來交道愧難終此會今時豈易逢出處三朝俱白
首凋零萬木見青松公能不遠來千里我病猶堪釂
一鍾已勝山陰空興盡且留歸駕爲從容

叔平少師去後會老堂獨坐偶成

積雨荒庭徧緑苔西堂瀟灑爲誰開愛酒少師花落
去彈琴道士月明來雞啼日午衡門静鶴唳風清晝
夢回野老但欣南畝伴豈知一作峯高名籍在蓬萊

退居述懷寄北京韓侍中一首

悠悠身世比浮雲白首歸來潁水濆曾看元臣調鼎
鼐却尋田叟問耕耘一生勤苦書千卷萬事銷磨酒

百分放浪豈無方外士尚思親友念離羣

書殿宫臣寵並叨不同憔悴返漁樵無窮興味閑中

得强半光陰醉裏銷静愛竹時來野寺獨尋春偶過

溪橋猶須五物稱居士不及顔回飲一瓢

贈潘道士

門無車轍紫苔侵雞犬蕭條陋巷深寄語彈琴潘道

士雨中尋得越江吟

答樞密吴給事見寄

老得閑來興味長問將何事送餘光春寒擁被三竿

日宴坐忘言一炷香報國愧無功尺寸歸田仍值歲

豐穰樞庭任重才餘暇猶有新篇寄草堂

答判班孫待制見寄

三朝竊寵幸逢辰晚節恩深許乞身無用物中仍老病太平時得作閑人鳴琴酌酒留嘉客引水栽花過一春惟恨江淹才已盡難酬開府句清新

初夏西湖

積雨新晴漲碧溪偶尋行處獨依依緑陰黄鳥春歸後紅蘤青苔人跡稀蘋匝汀洲魚自躍日長欄檻燕交飛林僧不用相迎送吾欲臺頭坐釣磯

寄河陽王宣徽

誰謂蕭條潁水邊能令嘉客少留連肥魚美酒偏宜老明月清風不用錢況值湖園方首夏正當櫻筍似三川自知不及南都會勉彊猶須詫短篇

寄韓子華并序

余與韓子華長文禹玉同直玉堂嘗約五十八歲致仕子華書於柱上其後蒋蒙恩寵世故多艱歷仕三朝備位二府已過限七年方能乞身歸老俗諺云也賣弄得過裏

人事從來無處定世塗多故踐言難誰如潁水閑居士十頃西湖一釣竿

戲劉原甫見蔡條西清詩話

平生志業有誰先落筆文章海内傳昨日都城應紙貴閑簾却翦見新篇

仙家千載一何長浮世空驚日月忙洞裏新花莫相笑劉郎今是老劉郎

和子履遊泗上雍家園

長橋南走群山間中有雍子之名園蒼雲蔽天竹色淨暖日撲地花氣繁飛泉來從遠嶺背林下曲折寒波翻玲禽不可見毛羽數聲清絶如哀彈我來據石弄琴瑟惟恐日暮登歸軒塵紛解剥耳目異祇疑夢

入神仙村知君襟尚我同好作詩閎放莫可攀高篇絶景兩不及久之想像空冥煩

右雍家園詩吉綿閩本皆入公外集而王荆公四家詩選亦有之今乃載蘇子美滄浪集後人安得不疑或謂公親作滄浪集序不應誤雜己詩可以無疑姑附見於此按王荆公取公詩凡一百二十五首内一百三首載居士集二十一首載外集又一篇即此詩其它或全改一聯或增減一聯甚者至增四聯或移兩聯之類已注一作於逐篇豈當時傳本不同抑荆公自加潤色也

京本子履姓陳衆本並作弄琴瑟惟蜀本作瑟瑟

外集卷第七

嘉祐三年二月公館伴北使在都亭驛有戲寄梅聖俞絶句聖俞集中次韻云去年鎖宿得聯華二月墻頭始見花今日都亭公感物明朝太學我辭家上丁釋奠致齋公詩無之

久在病告適方赴直偶成拙詩二首　宿露一作宿霧

答原甫提刑學士　慶曆五年冬公守滁州而前政趙良規帶秘閣校理移京西提刑即其人也合入第六卷

陳動之挽詞　或作洞非登科記可據

鈎着鈎線一作鈎線

退居述懷寄韓侍中　潁水瀆衆本皆作瀆不特别韶而韓公文集載和篇有作瀆今從之

外集卷第八　　歐陽文忠公集五十八

古賦　雜文五首附

紅鸚鵡賦　并序

聖俞作紅鸚鵡賦，以謂禽鳥之性宜適於山林，今茲鸚徒事言語文章以招累，見囚樊中，曾烏鳶雞雛之不若也。謝公學士復多鸚之才，故能去昆夷之賤，有金閨玉堂之安，飲泉啄實自足爲樂，作賦以反之。夫適物理窮天真，則聖俞之説勝；負才賢一作賢才以取貴於世而能自將，所適皆安，不知籠檻之於山林，則謝公之説勝。某始得二賦讀之，釋然知世之賢愚出處

各有理也然猶疑夫玆禽之腹賦一作中或有未盡者

因拾二賦之餘棄也以代鸚畢其說

后皇之載兮殊方異類肖翹蠢息兮厥生咸遂鎔埏

賦予兮有物司之泊然後化兮默運其機陶形播氣

兮小大取足紛不可狀兮千名萬族異物珍恠兮託

産遐陬來海裔兮貴中州邈丹山於荒極越鳳皇之

所宅稟南方之正氣孕赤精於火德蓋以氣而召類

兮故感生而同域播為我形特殊其質不緑以文而

丹其色物既賤多而貴少兮世亦安常而駭異豈負

美以有求兮適遭時之我貴客方黜我以文采予我

於籠樊謂夫飛鳴而飲啄不若雞鶩與烏鳶噫不知物有貴賤殊乎所得工（一作天）初造我甚難而畫千毛億羽曾無其一忽然成形可異而珍慧言義質俾貴於人籠軒寶翫翔集安馴彼衆禽之擾擾兮蓋迹殊而趣乖既心昏而質陋兮乃自織而安卑樂以鍾鼓宜其眩悲蓋貴我之異禀何繫我於羣飛若夫生以才天養以性遂客之所悼我亦悼之我視乎世猶有甚兮郊犧牢豕龜文象齒蚌蛤之胎犛牛之尾既殘厥形又奪其生是猶天爲非以自營人又不然謂爲最靈淳和質靜本湛而寧不守爾初自爲巧智鑿竅

泄和漓淳雜儒衣羔染夏強華其體鞭扑走趨自相械繫天不汝文而自文之天不汝勞而自勞之役聰與明反爲物使用精既多速老招累侵生蠹性宣毛之罪又開古初人禽雜處機萌乃心物則遁去深兮則網高兮則弋爲之職誰而反予是責

述夢賦

夫君去我而何之乎時節逝兮如波昔共處兮堂上忽獨棄兮山阿嗚呼人羨久生生不可久死其柰何死不可復惟可以哭病予喉使不得哭兮況欲施乎其他憤既不得與聲而俱發兮獨飲恨而悲歌歌不

成兮斷絶淚疾下兮滂沱行求兮不可過疑是遇字坐思兮不知處可見惟夢兮奈寐少而寤多或十寐而一見兮又若有而若無乍若去而若來忽若親而若踈杳兮倏兮猶勝於不見兮願此夢之須臾尺蠖憐予兮爲之不動飛蠅閔予兮爲之無聲冀駐君兮可久怳予夢之先驚夢一斷兮魂立斷空堂耿耿兮華燈世之言曰死者澌也今之來兮是也非也又曰覺之所得者爲實夢之所得者爲想苟一慰乎予心又何一作可較乎真妄緑鬢兮思君而白豐肌兮以君而瘠君之意兮不可忘何憔悴而云惜願日之疾兮願月

之遲夜長於晝兮無有四時雖音容之遠矣於恍惚以求之

荷花賦

步蘭塘以清暑兮颯蘋風以中人擷杜若之春榮兮搴芙蓉於水濆嘉丹葩之耀質出淥水而含新蔭曲池之清泚漾波紋之淪漪披紅衣而耀彩寄清流以（一作而）託根挺無華之淺艷靡競麗乎先春抱生意以目得兮及薰時之嘉辰若夫夏（一作下）晚蘭衰蔓池草發慘群芳之已銷獨斯蓮之（一作而）迥出可以嗅清香以析醒可以玩芳華而自逸況其晚浦煙霞水亭風

日投文竿而餌垂冰蕣莖而波溢絲縈藕以全折杯卷荷而半側墜紫葯以歆煙斂紅芳而向夕可憐影兮相顧列金葩而返植清風過以似起碧露合而乍失或兩兩以相扶漸亭亭而獨出發燕脂於此土生異香於西域匪江妃之小腰即廣陵之清一作青骨爾乃曲沼徽陽横塘細雨逐橋上之歸歎笑堤邊之游女墮虹梁而窺影倚風臺而欲舞霧翠被以薰香然犀燈而照浦雙心並根千株泣露湛月白而風清杳池平而樹右送艇子於西州聞棹謳於北渚迎桃根而待檝逢宓妃而未渡迫而視之靚若星妃臨水而

脉脉盈盈遠而望之杳如峽女行雲而朝朝暮暮其妖麗也其閑麗也香荃橈兮木蘭舟澹容與兮悵夷猶東西隨葉隱上下逐波浮已見雙魚能比目應笑鴛鴦會白頭昔聞妃子貴東鄰池上金花不染塵空留此日田田葉不見當時步步人

蜾蠃賦 并序

詩曰螟蛉有子蜾蠃負之言非其類也及楊子法言又稱焉嗟夫螟蛉一蟲爾非有心於孝義也能以非類繼之為子羽毛形性不相異也今夫為人父母生之養育劬勞非為異類也乃有不能繼其父之業者

儒家之子卒為商世家之子卒為皁隸嗚呼所謂螟蛉之不若也作螟蛉賦詞曰

爰有桑蟲實曰螟蛉與夫蜾蠃異類殊形負以為子祝之以聲其子感之朝夕而成嗟夫人子父母所生父祝之言子莫之聽父傳之業子莫克承父没母死身覆位傾嗚呼為人孰與蟲靈人不如蟲曷以人稱辭

啄木辭

木皇司春兮物熙以春芽者斯勾兮甲者斯萌物賴皇兮榮以欣翳有蟲兮甚不仁穴皇木兮群以聚穴

不已兮又加咀皇木病兮竅款將深皇心惻兮傷爾蝎
彼鴷鳥兮善啄吾利汝喙兮飢汝腹飛以鳴兮啄且
食蠹不盡兮啄莫息山之麓兮水之濱皮堅節瘿兮
龍甲蛇鱗節流膏兮吻流血百不一兮徒飢渴蠹日
滋兮鴷日苦京謁皇兮披雲路雲之深兮不可見託
歸風兮仰訴古初之皇兮甚仁惠憐民愛物使兩遂
穴民處兮鮮民食穴不棟梁兮鮮不薪米其求甚少
兮給之孔易野鬱鬱兮山蒼蒼土有毛髮兮山有衣
裳金不鞴冶兮器不刄鉎木至老朽兮不見菑殃聖
萌機兮五財利贍有足兮生不匱蔽風避濕兮脩容

廞廟祭室寢兮猶無異爲帝何思之不熟兮忽生般而與倕丹艧之不已兮又以彫幾斜鉤曲闘兮華照欄梯高構嶮兮目精眩地秃而赭兮山𥚃而寒材者傷死兮生者力殫一躬之庇兮一林夷族寓龍木馬兮重闈陰屋皇民暴裔兮驅之以扑噫智巧兮誰爲是既紛紛而不止工盡則大兮蟲蠹則小捕小縱大兮將何謂皇惜木兮雖甚恩蟲利食兮啄徒勤蠹未入口兮刃至其根與其啄蠹能盡死不如得啄匠手使不堪於斧斤

哭女師

暮入門兮迎我笑朝出門兮牽我衣戲我懷兮走而馳旦不覺夜兮不知四時忽然不見兮一日千思日難度兮何長夜不寐兮何遲暮入門兮何望朝出門兮何之怳疑在兮杳難追髣髴兩毛兮秀雙眉不可見兮如酒醒睡覺追惟夢醉之時八年幾日兮百歲難期於汝有頃刻之愛兮使我有終身之悲

頌

會聖宫頌并序

西京留守推官將仕郎試祕書省校書郎臣歐陽脩謹齋心滌慮頓首再拜言臣伏見國家采漢書原廟

之制作宫于永安以備園寢欲以盛陵邑之充奉昭
祖宗之光靈以耀示于千萬世甚盛德也脩永惟古
先王者將有受命之符必先興業造功以警動覺悟
於元元然後有其位而繼體守文之君又從而顯明
至大以纂修乎舊物故其兢兢勤勤不忘前人是以
根深而葉茂德厚而流光子子孫孫承之無疆伏惟
皇帝陛下以神聖■德傳有大器乾健而正離繼而
明即位以來于茲十年勤邦儉家以修太平日朝東
宮示天下孝親執籩豆三見於郊日星軌道光明清
潤河不怒溢東南而流四夷承命歡和以賓奔走萬

里顧非有干戈告讓之命文移發召之期而犀珠象牙文馬穀玉旅于闕庭納于廐府如司馬令無一後先至德之及上格于天下極于地中浹於人而外冒於四表昆蟲有命之物無不仰戴神威聖功効見如此太祖創造基始克成厥家當天受命之功太宗征服綏来遂一海内睿武英文之業真宗禮樂文物以隆天聲升平告功之典陛下夙夜虔共嗣固鴻業纂服守成之勤基構累積顯顯昌昌益大而光稱于三后之意可謂至孝況春秋歲時以禘以祫則有廟祧之嚴配天昭孝以享以告則有郊廟明堂之位纂金

刻石則有史氏之官歌功之詩（詩一作歌之詠）流于樂府

德之舞見乎羽毛惟是邦家之光祖宗之為有以示
民而垂無窮者罔不宣著陛下承先烈昭孝思所以
奉之以嚴罔不勤備聖人之德謂無以加而猶以為
未也乃復因陵園起宮室以望神游土木之功嚴而
不華地爽而潔宇敞而邃神靈杳冥如來如宅合於
禮經孝子謦咳思親之義愚以謂宮且成非天子自
臨事則不能以來三后之靈然郡國不見治道太僕
不先整駕恬然未聞有司之詔豈難於動民而遲其
咎（疑）耶特疑以龜筮所考須吉而後行耶不然何獨

留意於屋牆構築而至於薦見享未之思耶況是宮之制夷山爲平外取客土鍛石伐木發兵胥靡調旁近郡如此數年而道路之民徒見興爲之功恐愚無以識上意是宜不惜屬車之費無諱數日之勞沛然幸臨因展陵墓退而諭民以孝思之誠遂見守土之臣采風俗以問高年亦堯舜之事也古者天子之出必有采詩之官而道路童兒之言皆得以聞臣是以不勝惓惓之心謹采西人望幸意作爲頌詩以獻

闕下詞曰

巍峩穹崇冀京之東有山而崧濟淪道源匯流而淵

有洛之川川靈山秀回環左右有嵩而阜其阜何名太祖太宗真宗之陵惟陵之制因山而起隱隱隆隆惟陵之氣常王而喜鬱鬱葱葱帝懷穹旻受命我宋廼初于屯帝念先烈用顧余家宣力以勤赫赫三后重基累構既豐而茂燕翼貽謀是惟永圖其傳在予曰祖曰宗有德有功予實嗣之克勤克紹以孝以報予敢不思惟此園陵先后之宅既宅且安后來游止弗宮弗室神何以驩廼相川原乃得善地地嵩惟丘廼以荆灼廼訊寶龜龜告曰猷帝命冢臣而職我事而往惟寅一毫一絲給以縣官無取於民伐洛之薪

陶洛之土瓦不病窯柯我之斧登我之山木好且堅

家臣之來役夫萬名三年有成宫成翼翼在陵之側

須右來格有門有宇有廊有廡有庭有序殿兮耽耽

黼帷襜襜天威可瞻庭兮殖殖鉤盾虎戟容衛以飭

太祖維祖太宗維弟真宗維子三聖巍巍有以正位

于此而會聖兮在天風馬雲車其來僊僊聖會于此

靈威神馭其宫肅然聖既降矣其誰格之惟孝天子

聖降當享其誰來薦亦孝天子孝既克祗而來胡遲

其下臣脩作頌風之

贊

有宋右諫議大夫贈開府儀同三司太師中
書令兼尚書令魏國韓公國華真贊

氣剛而毅望之可畏色粹而仁近之可親有韞于中
必見于外庶幾髣髴寫之圖繪惟其盛德不可形容
公德之豐後世之隆誰爲公子丞相衛公
章

州名急就章并序

敘曰古者史掌文書以識天地四方古今事物名言
字訓而教學之法始於童子謂之小學君子重焉急
就章者漢世有之其源蓋出於小學之流昔顏籀爲

史游序之詳矣余為學士兼職史官不坐曹居多暇日每自娛於文字筆墨之間因戲集州名作急就章一篇以示兒女曹庶幾賢於博塞爾章曰

別州自禹鄒於秦廢置經革難具陳皇家垂統天下定疆理萬方承政令近征遠貢各有宜或昇吏治或羈縻九域披圖指可知分音比類慎訛疑文差字析極精微若夫錦居遐裔孤音無比隱集梓泗叙陝涪幽駢聲相附可如類求則有夔綏隨果賀播滑達越和河羅連三荆叶其四謂何乃有瓜沙嘉巴鳳隴雍宋歙峽合疊潞資忠師化稚華夏容吉蔚悉永郢鼎

頫不宜吃訥又如保邵道趙耀鄆信潤晉慎凡五聲
而一韻柳壽茂竇宥湊憲兗漢簡萬演海㘸解蔡奏
愛欽濤金深郴黔蜀濮福睦徠陸乃六律而同音七
言惟一白澤虢石益德壁八音相望廣象相閡句絳
獎黨宕句開萊台懷句階崖雷梅句澧冀利句濟
薊賁智句鄭鄧定孟句慶應靜勝句廉潭儋南句嵐
鹽甘嵩句至於許汝婺處句楚晉潞叙古句魏惠桂
貴句遂貝瑞嶲會句言過乎九難宣於口於是有岳
鄂亳薄洛句莫涿朔鄜拓句眉黎齊泌蘄句施伊西
夷溪句濠曹饒昭韶句潮遼交洮寧句右皆十卯通龍洪

蓬蒙句邕同戎忠松龍句右十二逵綿澶安延丹端句宣檀蘿蘭潘田鑾句湖蘇舒滁盧渝瀘句梧蒲徐鄜扶儒禹句右皆十四秦邠麟汾句均陳溫春句筠辰文循句銀雲勤岷句杭揚江黃句常漳康襄句房坊商滄句洋昌瀼長句右皆十六并青瀛登成明句衡彭英瓊邢洺句涇寧昇榮橫藤句汀興營平庭澄句右二十四聯章斷句不能遽數真定河源以諱不舉若乃物有疑似同音異字則有陵靈原袁府撫乾虔濱賓融容渭衛全泉繡秀易冀渠衢歸嬀龔恭汴辨涼梁祁岐鄯單宿肅磁慈濰維峯封豐沂宜及儀乃一號而三之或音

不同相近者亦借以足之。熙環恩順鎮霸真雄，又音文之兩同，至於太平、鬱林、萬安、平琴、武安、洮陽、新定、建康二名雖美，遠小不彰；若監若軍四十有六，保定、信安、廣信、安肅、鎮戎、保安、嵐、火山、順安、寧化、寶、捿三邊，其餘瑣瑣皆不足言。其後因捡九域圖，有高、富、爐、當四州，偶遺不録，以文句難移，不復增入也。

外集卷第八

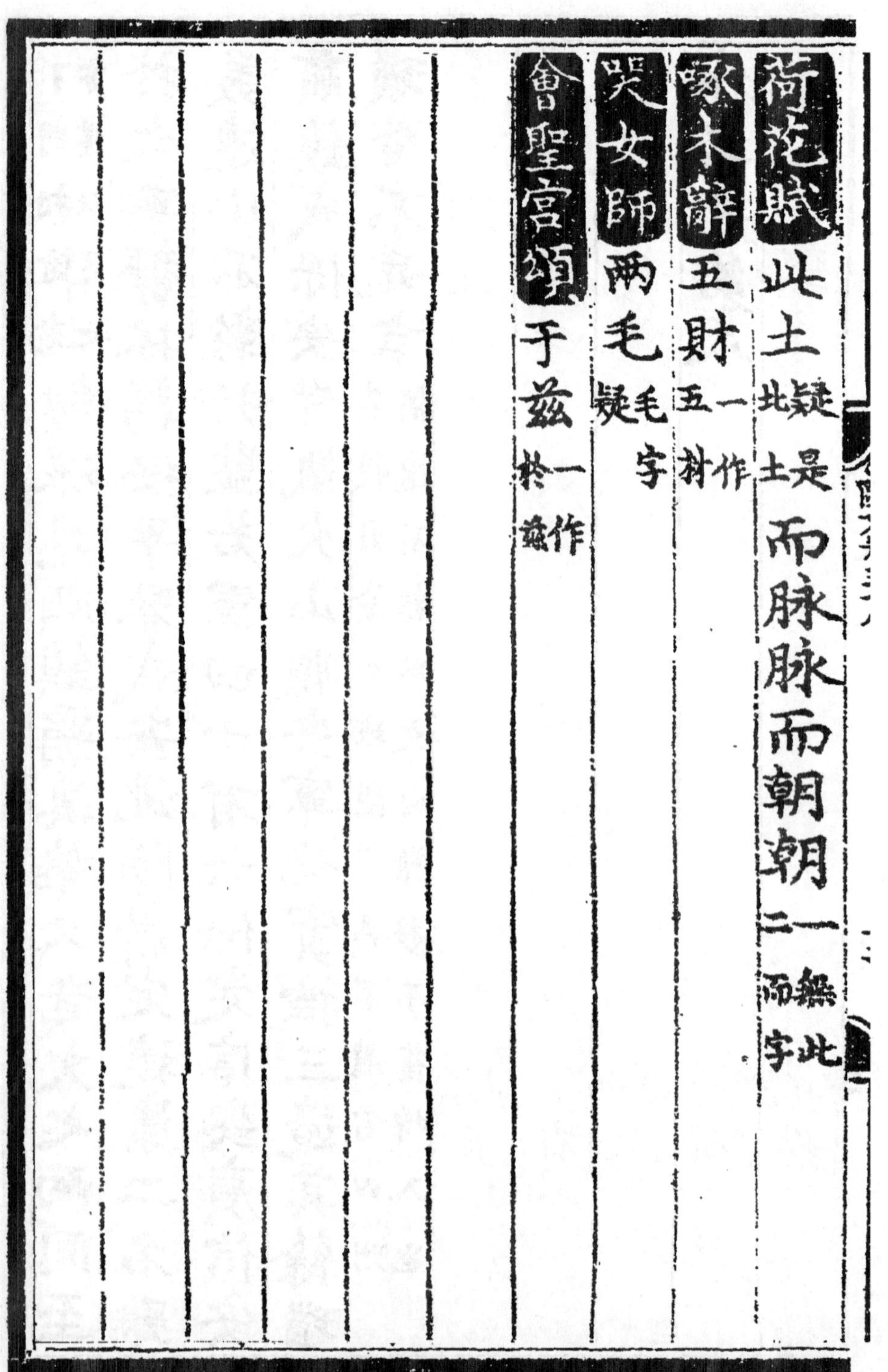

荷花賦 此土（疑是北土）而脉脉而朝潮（一無此二而字）

啄木辭 五財（一作五材）

哭女師 兩毛（毛字疑）

會聖宮頌 于茲（一作於茲）

外集卷第九　　歐陽文忠公集五十九

論 時論三首附

本論

本論三篇中下篇已載居士集第十七卷此乃公晚年所刪上篇

天下之事有本末其爲治者有先後堯舜之書略矣後世之治天下未嘗不取法於三代者以其推本末而知所先後也三王之爲治也以理數均天下以爵地等邦國以井田域民以職事任官天下有定數邦國有定制民有定業官有定職使下之共上勤而不困上之治下簡而不勞財足於用而可以備天災也兵足以禦患而不至於爲患也凡此具矣然後飾禮

樂興仁義以教道之是以其政易行其民易使風俗淳厚而王道成矣雖有荒子孱孫繼之猶七八百歲而後已夫三王之爲治豈有異於人哉財必取於民官必養於禄禁暴必以兵防民必以刑與後世之治者大抵同也然後世常多亂敗而三王獨能安全者何也三王善推本末知所先後而爲之有條理後之有天下者孰不欲安且治乎用心益勞而政益不就諰諰然常恐亂敗及之而輒以至焉者何也以其不推本末不知先後而於今之務衆矣所當先者五也其二者有司之所知其三者則未之思也足天下之

用莫先乎財繫天下之安危莫先乎兵此有司之所知也然財豐矣取之無限而用之無度則下益屈而上益勞兵強矣而不知所以用之則兵驕而生禍所以節財用兵者莫先乎立制制已具備兵已可使財已足用所以共守之者莫先乎任人是故均財而節兵立法以制之任賢以守法尊名以厲賢此五者相爲用有天下者之常務當今之世所先而執事者之所忽也今四海之内非有亂也上之政令非有暴也天時水旱非有大故也君臣上下非不和也以晏然至廣之天下無一間隙之端而南夷敢殺天子之命

夷西夷敢有崛彊之王北夷敢有抗禮之帝者何也生齒之數日益衆土地之產日益廣公家之用日益急四夷不服中國不尊天下不實者何也以五者之不備故也請試言其一二方今農之趣耕可謂勞矣工商取利乎山澤可謂勤矣上之征賦榷易商利之臣可謂纖悉而無遺矣然一遇水旱如明道景祐之間則天下公私乏絶是無事之世民無一歲之備而國無數年之儲也以此知財之不足也古之善用兵者可使之赴水火今廂禁之軍有司不敢役必不得已而暫用之則謂之借倩彼兵相謂曰官倩我而官

之文符亦曰倩夫賞者所以酬勞也今以大禮之故不勞之賞三年而一徧所費八九百萬有司不敢緩月日之期兵之得賞不以無功知媿乃稱多量少比好嫌惡小不知意則羣聚而呼持梃欲擊天子之大吏無事之時其猶若此以此知兵驕也夫財用悉出而猶不足者以無定數也以　疑兵之敢驕者以用之未得其術以此知制之不立也夫財匱兵驕法制未一而莫有奮然忘身許國者以此知不任人也不任人者非無人也彼或挾材蘊知特以時方惡人之好名各藏畜收斂不敢奮露惟恐近於名以犯時人所

惡是以人人變賢爲愚愚者無所責賢者被讒疾遂使天下之事將弛廢而莫敢出力以爲之此不尚名之弊者天下之最大患也故曰五者之皆廢也前日五代之亂可謂極矣五十三年之間易五姓十三君而亡國被弑者八長者不過十餘歲甚者三四歲而亡夫五代之主豈皆愚者邪其心豈樂禍亂而不欲爲久安之計乎顧其力有不能爲者時也當是時也東有汾晉西有岐蜀北有強胡南有江淮閩廣吴越荆潭天下分爲十三四四面環之以至狹之中國又有叛將強臣割而據之其君天下者類皆爲國日淺

威德未洽强君武主力而為之僅以自守不幸孱子懦孫不過一再傳而復亂敗是以養兵如兒子之啖虎狼猶恐不為用尚何敢制以殘弊之民人贍無貲之征賦頭會箕歛猶恐不足尚何曰節財以富民天下之勢方若弊廬補其奥則隅壞整其桷則棟傾枝撑扶持苟存而已尚何暇法象規圜矩方而為制度乎是以兵無制用無節國家無法度一切苟且而已今宋之為宋八十年矣外平僭亂無抗敵之國内削方鎮無强叛之臣天下為一海内晏然為國不為不久天下不為不廣也語曰長袖善舞多錢善賈言有資者其為易也方今承三

聖之基業據萬乘之尊名以有四海一家之天下盡大禹貢賦之地莫不內輸惟上之所取不可謂乏財六尺之卒荷戈勝甲力彀五石之弩彎二石之弓者數百萬惟上制而令之不可謂乏兵中外之官居職者數千員官三班吏部常積者又數百三歲一詔布衣而應詔者萬餘人試禮部者七八千惟上之擇不可謂乏賢民不見兵革者幾四十年矣外振兵武攘夷狄內修法度興德化惟上之所為不可謂無暇以天子之慈聖仁儉得一二明智之臣相與而謀之天下積聚可如文景之富制禮作樂可如成周之盛奮發威烈以耀名

譽可如漢武帝唐太宗之顯赫論道德可與堯舜之治然而財不足用於上而下已弊矣不足威於外而敢驕於内制度不可為萬世法而日益叢雜一切苟且不異五代之時此甚可嘆也是所謂居得致之位當可致之時又有能致之資然誰憚而久不為乎

正統論七首 此七論公後刪為三篇已載居士集第十六卷今所載蓋初本也

原正統論

傳曰君子大居正又曰王者大一統正者所以正天下之不正也統者所以合天下之不一也由不正與不一然後正統之論作堯舜之相傳三代之相代或

以至公或以大義皆得天下之正合天下於一是以君子不論也其帝王之理得而始終之分明故也及後世之亂僭偽興而盜竊作由是有居其正而不能合天下於一者周平王之有吳徐是也有合天下於一而不得居其正者前世謂秦爲閏是也由是正統之論興焉自漢而下至于西晉又推而下之爲宋齊梁陳自唐而上至於後魏又推而上之則爲夷狄其帝王之理舛而始終之際不明由是學者疑焉而是非不公非其不公蓋其是非之難也自周之亡迄于顯德實千有一百一十二年之間或理或亂或取或

傳或分或合其理不能一𣋺是以論者於此而難也大抵其可疑之際有四其不同之説有三此論者之所病也何謂可疑之際周秦之際也漢魏之際也東晉後魏之際也朱梁後唐之際也秦親得周而一天下其迹無異禹湯而論者黜之其可疑一也王莽得漢而天下一莽不自終其身而漢復興論者曰僞宜也魏得漢而天下三分論者曰正統其可疑二也以東晉承西晉則無終以周隋承元魏則無始其可疑三也梁之取唐無異魏晉而梁爲僞劉備漢之後蜀以不能一天下而自別稱蜀不得正統可也後唐非

李氏未嘗一天下而正統得之其可疑四也何謂不同之說三有昧者之論有自私之論有因人之論正統之說肇於誰乎始於春秋之作也當東周之遷王室微弱吴徐並僭天下三王而天子號令不能加於諸侯其詩下同於列國天下之人莫知正統仲尼以爲周平雖始衰之王而正統在周也乃作春秋自平王以下常以推尊周室明正統之所在故書王以加正月而繩諸侯王人雖微必加於上諸侯雖大不與專封以天加王而别吴楚剌譏襃貶一以周法凡其用意無不在於尊周而後之學者不曉其旨遂曰黜

周而王魯或曰起魯隱之不正或曰起讓國之賢君泥其說於私魯殊不知聖人之意在於尊周以周之正而統諸侯也至秦之帝既非至公大義因悖棄先王之道而自爲五勝之說漢興諸儒既不明春秋正統之旨又習秦世不經之說乃欲尊漢而黜秦無所據依遂爲三統五運之論詆秦爲閏而黜之夫漢所以有天下者以至公大義而起也而說者直曰以火德當天統而已甚者至引蛇龍之妖以爲左驗至於王莽魏晉直用五行相勝而已故曰昧者之論也自西晉之滅而南爲東晉宋齊梁陳北爲後魏後周隋

私東晉者曰隋得陳然後天下一則推其統曰晉宋齊梁陳隋私後魏者曰統必有所授則正其統曰唐授之隋隋授之後周後周授之後魏至其甚相戾也則為南史者詆北曰虜為北史者詆南曰夷故曰自私之論也夫梁之取唐無異魏晉之取也魏晉得為正則梁亦正矣而獨曰僞何哉以有後唐故也彼後唐者初與梁為世仇及唐之滅欲借唐為名託大義以窺天下則不得不指梁為僞而為唐討賊也而晉漢承之遂因而不改故曰因人之論也以不同之論於可疑之際是以是非相攻而罕得其當也易曰天

下之動正夫一夫帝王之統不容有二而論者如此然搢紳先生未嘗有是正之者豈其興廢之際治亂之本難言歟自春秋之後述者多焉其通古今明統類者希矣司馬子長列序帝王而項羽亦爲本紀此豈可法邪文中子作元經欲斷南北之疑也絶宋於元徽五年進魏於大和元年是絶宋不得其終進魏不得其始夫以子長之博通王氏之好學而有不至之論是果難言歟若夫推天下之至公據天下之大義究其興廢迹其本末辨其可疑之際則不同之論息而正統明矣

明正統論

凡為正統之論者，皆欲相承而不絕，至其斷而不接，則猥以假人而續之，是以其論曲而不通也。夫居天下之正，合天下於一，斯正統矣（堯舜三代秦漢晋唐）。天下雖不一，而居得其正，猶曰天下當正於吾而一，斯謂之正統可矣（東周魏五代）。始雖不得其正，卒能合天下於一，夫一天下而居其上，則是天下之君矣，斯謂之正統可矣（如隋是也）。天下大亂，其上無君，僭竊並興，正統無屬，當是之時，奮然而起，並爭乎天下（東晋後魏），有功者強，有德者王，威（一作盛）澤皆被于生民，號令皆加乎當世，幸而以大并小以強兼弱遂合天下於一則大且強者謂之正統猶有説焉不幸而兩立不能相兼考其迹則皆正較其義則均焉則正統者將安與乎其或終始不得其正又不能合天下於一則可謂之正統乎不可也然則有不幸而丁其時則正統有時而絶也夫所謂正統者萬世大公之器也有得之者有不得之者而論者欲其不絶而猥以假人故曰曲而不通也或曰可絶則王者之史何以繫其年乎曰欲其不絶而猥以假人者由史之過也夫居今而知古書今世以信乎後世者史也天下有統則爲有統書之天下

無統則爲無統書之然後史可法也昔周厲王之亂天下無君周公邵公共行其政十四年而後宣王立是周之統嘗絶十四年而復續然爲周史者記周邵之年謂之共和而太史公亦列之於年表漢之中衰王莽簒位十有五年而敗是漢之統嘗絶十五年而復續然爲漢史者載其行事作王莽傳是則統之絶何害於記事乎正統萬世大公之器也史者一有司之職也以萬世大公之器假人而就一有司之記事惑亦甚矣夫正與統之爲名甚尊而重也堯舜三代之得此名者或以至公或以大義而得之也自秦漢

而下喪亂相尋其興廢之迹治亂之本或不由至公大義而起或由焉而功不克就是以正統屢絶而得之者少也正統之說曰堯舜夏商周秦漢魏晉而絶由此而後天下大亂自東晉太建之元年止陳正明之三年凡二百餘年其始也有力者並起而爭因時者苟偷而假冒奮攘敗亂不可勝紀其畧可紀次者十六七家既而以大并小以強兼弱久而稍相并合天下猶分為四東晉宋齊梁陳又自分為後梁而為二後魏後周隋又自分為東魏北齊而為二是四者皆不得其統其後後周并北齊而授之隋隋始并後

梁又并陳然後天下合爲一而復得其統故自隋開皇九年復正其統曰隋唐梁後唐晉漢周夫秦自漢而下皆以爲閏也今乃進而正之作秦論魏與吳蜀爲三國陳壽不以魏統二方而並爲三志今乃黜二國進魏而統之作魏論東晉後魏議者各以爲正也今皆黜之作東晉論後魏論朱梁四代之所黜也今進而正之作梁論此所謂辨其可疑之際則不同之論息而正統明者也

秦論

謂秦爲閏者誰乎是不原本末之論也此漢儒之私

說也其說有三不過曰滅棄禮樂用法嚴苛與其興也不當五德之運而已五德之說非聖人之言曰昧者之論詳之矣其二者特始皇帝之事爾然未原秦之本末也昔者堯舜夏商周秦皆出於黄帝之苗裔其子孫相代而王堯傳於舜舜傳於禹夏之衰也湯代之王商之衰也周代之王周之衰也秦代之王其興也或以德或以功大抵皆乘其弊而代之初夏世衰而桀爲昏暴湯救其亂而起稍治諸侯而誅之其書曰湯征自葛是也其後卒以放桀而滅夏及商世衰而紂爲昏暴周之文武救其亂而起亦治諸侯而

誅之其詩所謂昆崇共密是也其後卒攻紂而滅商推秦之興其德固有優劣而其迹豈有異乎秦之紀曰其先大業出於顓頊之苗裔至孫伯翳佐禹治水有功唐虞之間賜姓嬴氏及非子為周養馬有功秦仲始為命大夫而襄公與立平王遂受岐豐之賜當是之時周衰固已久矣亂始於穆王而繼以厲幽之禍平王東遷遂同列國而齊晉大侯魯衛同姓擅相攻伐共起而弱周非獨秦之暴也秦於是時既平犬夷因取周所賜岐豐之地而繆公以來始東侵晉地至于河盡滅諸戎拓國千里其後關東諸侯強僭者

曰益多周之國地曰益蹙至無復天子之制特其號在爾秦昭襄五十三年周之君臣稽首自歸於秦至其後世遂滅諸侯而一一作有天下此本末之迹也其德雖不足而其功力尚不優於魏晉乎始秦之興務以力勝至於始皇遂悖棄先王之典禮又自推水德益任法而少恩其制度文爲皆非古而自是此其所以見黜也夫始皇之不德不過如桀紂桀紂不能廢夏商之統則始皇未可廢秦也

魏論

新與魏皆取漢者新輒敗亡魏遂傳數世而爲晉不

辛東漢無賢子孫而魏爲不討之讎今方黜新而進魏疑者以謂與姦而進惡此不可以不論也昔三代之興也皆以功德或積數世而後王其亡也衰亂之迹亦積數世而至於大壞不可復支然後有起而代之者其興也皆以至公大義爲心然成湯尚有慚德伯夷叔齊至耻食周粟而餓死況其後世乎自秦以来興者以力故直較其迹之逆順功之成敗而已彼漢之德自安和而始衰至桓靈而大壞其衰亂之迹積之數世無異三代之亡也故豪傑並起而爭而強者得之此直較其迹爾故魏之取漢無異漢之取秦

而秦之取周也。夫得正統者漢也，得漢者魏也，得魏者晉也，晉嘗統天下矣。推其本末而言之，則魏進而正之不疑。

東晉論

周遷而東，天下遂不能一。然仲尼作春秋，區區於尊周，而明正統之所在。晉遷而東，與周無異，而今黜之何哉？是有説焉，較其德與迹而然爾。周之始興，其來也遠；當其盛也，瓜分（一作規方）天下，爲大小之國，衆建諸侯以維王室，定其名分，使傳子孫而守之，以爲萬世之計。及厲王之亂，周室無君者十四年，而天下諸侯不敢僥倖而窺周於此然後見周德之深而文武周公之作真聖人之業故雖天下無君而正統猶在不得而改況（一有乎字）平王之遷國地雖蹙然周德之在人者未厭而法制之臨人者未移平王以子繼父自西而東不出王畿之内（西周之地八百里東周六百里以井田之法計之通為千里之方）則正統之在周也推其德與迹可以不疑夫晉之為晉與夫（一作乎）周之為周也異矣其德法之維天下者非有萬世之計聖人之業也直以其受魏之禪而合天下於一推較其迹可以曰正而統爾自惠帝之亂晉政已亡愍懷之間晉如綫爾惟嗣君繼世推其

迹曰正焉可也建興之亡晉於是而絶矣夫周之東也以周而東晉之南也豈復以一晉而南乎自愍帝死賊庭琅邪起江表位非嗣君正非繼世徒以晉之臣子有不忘晉之心發於忠義而功不就可爲傷已若因而遂竊萬世大公之名其可得乎春秋之法君弒而賊不討則以爲無臣子也使晉之臣子遭乎聖人適當春秋之責況欲以失國共立之君干天下之統哉夫道德不足語矣直推其迹之如何爾若乃國已滅矣以宗室子自立於一方卒不能復天下於一則晉之琅邪與夫後漢之劉備五代漢之劉崇何異備

與崇未嘗爲正統則東晋可知焉爾

後魏論

魏之興也自成帝毛至于聖武凡十二世而可紀於文字又十一世至于聣成而建國改元畧具君臣之法幸遭衰亂之極得奮其力並爭乎中國又七世至于孝文而去夷即華易姓建都遂定天下之亂然後脩禮樂興制度而文之考其漸積之基其道德雖不及於三代而其爲功何異王者之興今特以其不能并晋宋之一方以小不備而黜其大功不得承百王之統而不疑焉者質諸聖人而可也今爲魏説者不

過曰功多而國强爾此聖人有所不與也何以知之以春秋而知也春秋之時齊桓晋文可謂有功矣吴楚之僭迭强於諸侯聖人於書齊晋實與而文不與之以爲功雖可襃而道不可以與也至書楚與吴或屢進之然不得過乎子爵則功與强聖人有所不取也或者以謂秦起夷狄以能滅周而一天下遂進之魏亦夷狄以不能滅晋宋而見黜是則因其成敗而毁譽之豈至公之篤論乎曰是不然也各於其黨而已周之興也與秦之興其説固已詳之矣當魏之興也劉淵以匈奴慕容以鮮卑苻生以氐弋仲以羌赫

運禿髮石勒李龍之徒皆四夷之雄其力不足者弱有餘者强其最强者苻堅之時自晉而外天下莫不爲秦休兵革興學校庶幾刑政之方不幸未幾而敗亂其後又一作强者曰魏自江而北天下皆爲魏矣幸而傳數世而後亂以是而言魏者纔優於苻堅而已䛐使魏興世遠不可循格之夷狄則不過爲東晉比也是皆有志爭天下而功不就者前所謂不幸兩立而不能相并者故皆不得而進之者不得已也

梁論

黜梁爲僞者其説有三一曰後唐之爲唐猶後漢之

為漢梁蓋新比也一曰梁雖改元即位而唐之正朔在李氏而不絕是梁於唐未能絕而李氏復興一曰因後唐而不改因後唐者是謂因人之論固已辨矣其二者宜有説也夫後唐之自爲唐也緣其賜姓而已唐之時賜姓李者多矣或同臣子之異心或懷四夷而靡之忠臣茂正思忠克用是也當唐之衰克用與梁並起而爭之梁以强而先得克用耻爭之不勝難忍臣敵（一作服）之慚不得不借唐以自託也後之議者胡謂而從之哉其所以得爲正統者以其得梁而然也使梁且不滅同光之號不過於河南則其爲唐

與昪璟等耳夫正朔者何王者所以加天下而同之於一之號也昔周之東其政雖弱而周猶在也故仲尼以王加正而繩諸侯者幸周在也當唐之亡天祐虛名與唐俱絶尚安所寓於天下哉使幸而有忠唐之臣不忍去唐而自守雖不中於事理或可善其誠心若李氏者果忠唐而不忍弃乎况於唐亡託虛名者不獨李氏也王建稱之於蜀楊行密稱之於吴李茂正亦稱之於岐大抵不爲梁屈者皆自託於虛名也初梁祖奪昭宗於岐遂劫而東改天復四年爲天祐而克用與王建怒曰唐爲朱氏奪矣天祐非唐號

也遂不奉之但稱天復至八年自以爲非復稱天祐此尤可笑者安得曰正朔在李氏乎夫論者何爲疑者設也堯舜三代之終始較然著乎萬世而不疑固不待論而明也後世之有天下者帝王之理或舛而始終之際不明則不可以不疑故曰由不正與不一然後正統之論興者也其德不足以道矣推其迹而論之庶幾不爲無據云

正統辨上

正統曰統天下而得其正故繫正爲統而不得其正者猶弗統乎爾繼周而後帝王自高其功德自代統

而得其正者難乎其人哉必不得已而加諸人漢唐之主乎曰甚哉吾子之說其隘也以漢唐之盛烈由曰不得已而加之焉爲魏晉之主則將柰何乎曰不然是烏得苟加諸人一簞食一瓢飲其義弗直而取諸人君子且從而惡之以天下之廣而被乎太公之實苟非其人則闕之可已必若曰應天而順人則繼周之後桀紂之惡常多而湯武之仁義未嘗等也若是其苟加諸人何哉予以謂正統之不常在人率與言神聖者相類必待擇人而後加焉是仁王義主不足責而姦雄篡裁之臣得以濟也

正統辨下

秦之爲罪暴於桀莽湯方於紂漢唐之主仗義而誅變以取天下其可謂之正統歟猶未離乎憾也（德不及湯武）秦之得天下也以力不以德（秦之亡仁義驅其人民以爭徹其任賢得人孰若漢唐之始也）晉之承魏也以篡繼篡隋亦若是而徒禪云爾晉隋盜也或者以爲正統茲非誤歟（魏以吳存至于晉而吳始滅或者又以魏爲正統愈誤矣自後魏東晉至于周陳五代或以義或以不義皆不能并天下）聖人不生而暴僞代興名與實自重久矣必待後世之明者斷焉斷而不以其勢捨漢唐我宋非正統也

時論

原弊

孟子曰養生送死王道之本管子曰倉廩實而知禮節故農者天下之本也而王政所由起也古之為國者未嘗敢忽而今之為吏者不然簿書聽斷而已矣聞有道農之事則相與笑之曰鄙夫知賦斂移一作財用之為急不知務農為先者是未原為政之本末也知務農而不知節用以愛農是未盡務農之方也古之為政者上下相移用以濟下之用力者甚勤上之用物者有節民無遺力國不過費上愛其下下給其上使不相困三代之法皆如此而最備於周周之法

曰井牧其田十而一之一夫之力督之必盡其所任一日之用節之必量其所入一歲之耕供公與民食皆出其間而常有餘故三年而餘一年之備今乃不然耕者不復督其力用者不復計其出入一歲之耕供公僅足而民食不過數月甚者場功甫畢簸糠麩而食秕稗或採橡實畜菜根以延冬春夫糠覈橡實孟子所謂狗彘之食也而卒歲之民不免食之不幸一水旱則相枕爲餓殍此甚可歎也夫三代之爲國公卿士庶之禄廩兵甲車牛之材用山川宗廟鬼神之供給未嘗闕也是皆出於農而民之所耕不過今

九州之地也歲之凶荒亦時時而有與今無以異今固盡有嚮時之地而制度無過於三代者昔者用常有餘而今常不足何也其為術相反而然也昔者知務農又知節用今以不勤之農贍無節之用故也非徒不勤農又為衆弊以耗之非徒不量民力以為節一作己又直不量天力之所任也何謂衆弊有誘民之弊有兼并之弊有力役之弊請詳言之今坐華屋享美食而無事者曰浮圖之民仰衣食而養妻子者曰兵戎之民此在三代時南畝之民也今之議者以浮圖並周孔之事曰三教不可以去兵戎曰國備不可

以去浮圖不可並周孔不言而易知請試言之國家自景德罷兵三十三歲矣兵嘗經用者老死今盡而後來者未嘗聞金鼓識戰陣也生於無事而飽於衣食也其勢不得不驕惰今衛兵入宿不自持被而使人持之禁兵給糧不自荷而雇人荷之其驕如此況肯冒辛苦以戰鬬乎前日西邊之吏如高化軍齊宗舉兩用兵而一有兩字輒敗此其效也夫就使兵耐辛苦而能鬬戰惟耗農民爲之可也柰何有爲兵之虚名而其實驕惰無用之人也古之凡民長大壯健者皆在南畝農隙則教之以戰今乃大異一遇凶歲則州

郡吏以尺度量民之長大而試其壯健者招之去為禁兵其次不及尺度而稍怯弱者籍之以為廂兵（一作軍）吏招人多者有賞而民方窮時爭投之故一經凶荒則所留在南畝者惟老弱也而吏方曰不收為兵則恐為盜噫苟知一時之不為盜而不知其終身驕惰而竊食也古之長大壯健者任耕而老弱者游惰今之長大壯健者游惰而老弱者留耕也何相反之甚邪然民盡力乎南畝者或不免乎狗彘之食而一去為僧兵則終身安佚而享豐腴則南畝之民不得不日減也故曰有誘民之弊者謂此也其耗之一端

也古者計口而受田家給而人足井田既壞而兼并乃興今大率一戶之田及百頃者養客數十家其間用主牛而出己力者用己牛而事主田以分利者不過十餘戶其餘皆出產租而僑居者曰浮客而有畜田夫此數十家者素非富而畜積之家也其春秋神社婚姻死葬之具又不幸遇凶荒與公家之事當其乏時嘗舉責（一作債）於主人而後償（一作責）之息不兩倍則三倍及其成也出種與稅而後分之償三倍之息盡其所得或不能足其場功朝畢而暮乏食則又舉之故冬春舉食則指麥於夏而償麥償盡矣（一無四字）夏

秋則指禾於冬而償也似此數十家者常食三倍之物而一户常盡取百頃之利也夫主百頃而出税賦者一户盡力而輸一户者數十家也就使國家有寬征薄賦之恩是徒益一家之幸而數十家者困苦常自如之一作也故曰有兼并之弊者謂此也此亦耗之一端也民有幸而不役於人能有田而自耕者下自二頃至一頃皆以等書於籍而公役之多者爲大役少者爲小役至不勝則賤賣其田或逃而去故曰有力役之弊者謂此也此亦耗之一端也夫此三弊是其大端又有奇衺之民去爲浮巧之工與夫兼并商

費之人爲僣侈之費又有貪吏之誅求賦歛之無名其弊不可以盡舉也既不勸之使勤又爲衆弊以耗之大抵天下中民之士（一作事）富且（一作與）貴者化麤糲爲精善是一人常食五人之食也爲兵者養父母妻子而（一作爲）計其饋運之費是一兵常食五農之食也爲僧者養子弟而自豐食是一僧常食五農之食也貧民舉倍息而食者是一人常食二人三人之食也天下幾何其不乏也何謂不量民力以爲節方今量國用而取之民未嘗量民力而制國用也古者冢宰制國用量入以爲出一歲之物三分之一以給公上

一以給民食一以備凶荒今不先制爭國用而一切臨民而取之故有支移之賦有和糴之粟有入中之粟有和買之紬有雜料之物茶鹽山澤之利有榷有征制而不足則有司屢變其法以爭毫末之利用心益勞而益不足者何也制不先定而取之無量也何謂不量天力之所任此不知水旱之謂也夫陰陽在天地間騰降而相推不能無愆伏如人身之有血氣不能無疢病也故善醫者不能使人無疢病療之而已善爲政者不能使歲無凶荒備之而已堯湯大聖不能使無水旱而能備之者也古者豐年補救之術

三年耕必留一年之蓄是凡三歲期一歲以必災也此古之善知天者也今有司之調度用（一作歲）足一歲而已是期天歲歲不水旱也故曰不量天力之所任是以前二三歲連遭旱蝗而公私之食是期天之無水旱卒而遇之無備故也夫井田什一之法不可復用於今為計者莫若就民而為之制要在下者盡力而無耗弊上者量民而用有節則民與國庶幾乎俱富矣今士大夫方共修太平之基頗推務本以興農故輙原其弊而列之以俟興利除害者採於有司也

兵儲 疑

惟王建官各司其局雖有細大俾專董其權責其成功斯古制也被堅執銳乃禆校之事若屯田積穀在委辦吏爾而漢末有田禾將軍屯田北邊魏興建典農中郎將唐建營田使副判官雖晉魏南北職未嘗闕國家弭獯戎之患包漢唐之境然而塞垣儲偫罔遵古憲俾仰給他州饋餉一作餫此外固無築室反耕典農營田之利儻遇凶荒未免艱食雖有轉運未免營田何嘗建明利害稍致倉廩羨餘但守空名曾無實効當今之議要在乎河北河東陝西戍兵之地各特置營田使副判官仍在不兼職若遇水潦行流之

處廣植秔稻雖荒隙原田亦當墾闢播以五穀今河北保塞河東并汾關中涇陽悉有水地基址惟有鄴中西門豹漑田之迹未見興起得非後人務於因循而無昔賢識邪不然何歷朝而下涇陂如是或曰亦嘗有人建議良以漑導之時瀕水之地恐害及民田由是而止斯乃腐儒之見爾非經遠之士也夫利害相隨古猶未免若利害相半憚於改作猶可苟利七害三當須擇地而行豈可以小害而妨大利哉夫如是鄴中漑田之法若行關疑畎水衝民田秖百户妨閡而能漑灌千萬頃瘠土所收獲利益大豈止利七

而害三亦嘗訪於彼州人士僉曰溉田之迹湮廢茲久土斷力田者不諳其事殊不知官中他日就功但於涇陽鄭白渠和雇水工及彼中負罪百姓悉可分配此地俾之開導民既見之必傚傚矣又豈成功之難然後特置營田使副判官專董其役西北二邊不聞水陸並放此分職何假飛芻輓粟率鍾致石坐困民力以供軍實哉

塞垣

先王肇分九州制定五服必内諸侯而外夷狄姑務息民弗勤遠略其來也調戍兵以禦之其去也備戰

具以守之修利隄防申嚴斥堠或来獻貢得以覊縻
蓋聖人制禦戎之常道嚴尤所謂得其中策古今大
槩在乎謹邊防守要害而已古之制塞垣也與今尤
異漢唐之世東自遼海碣石榆關漁陽盧龍飛狐鴈
門雲中馬邑定襄西抵五原朔方諸郡每歲匈奴高
秋膠折塞上草衰控弦南牧陵犯漢境於是守邊之
臣防秋之士据險而出奇兵持重而待外冦近世晉
高祖建義并門得戎王為援既已乃以幽薊山後諸
郡為邪律之壽故今劃塞垣也自滄海乾寧雄霸順
安廣信由中山拒并代自兹關東無復關險故契丹

奄有幽陵遂絶古（一作虎）北之隘往來全師入寇徑度常山陵獵全魏澶淵之役以至飲馬於河烝民不聊生矣非北（一作索）虜雄盛如此失於險固然也今既無山阜設險所可恃者惟夾峙壘道引河流固其復水為險濬之勢就其要害屯以戍兵茲亦護塞垣之一策也今廣信之西有鮑河中山之北有唐河盡可開決水勢修利陂塘或導自長河之下金山之北派于廣信安肅達于保塞或包畢蒲陰入于陽城然後積水瀰漫橫絶縈塞亦可謂險矣蒲陰陽城度其地勢今塞上之要衝先是胡馬將入寇于茲城駐牙帳數

日伺漢兵之輕重或我師禦扞乃長驅南下我師既出即戎人爲全師歸重之地此所謂藉城隃而資寇兵非中國之利今若修復雉堞完聚兵穀與諸城柵刁斗相聞鮑唐二水交流其下虜騎縱至無復投足之地又爲有擾擾之患今之議者方南北修好恐邊庭生事然而戎狄之心桀驁難信貪我珍幣蓄養鋭兵伺吾人之顦顇乘邊境之間隙出乎不意因肆猖獗兹乃不圖豫備疆埸而偷取安逸弟弟相付貽後世深患復如何哉

代曾參答弟子書

參白諸足下聞吾黨之士思夫子而莫得見也以有子之貌似夫子欲假設其位以夫子師之諸足下必其然乎否耶吾試爲諸足下陳夫子之道以爲斷諸足下知天之有四時乎春能生物而不能長也夏能長之而不能成也秋能有成而不能斂也斂之者其在冬矣自生民以来有大聖德居大聖位而作法以濟世者類不過八九三皇經始之五帝纘明之禹湯文武該洽之周公祖述之經始之者春也纘明之該洽之者夏也祖述之者秋也天恐斯文之中未有以折衷乃生吾夫子於衰亂之世前聖之所未立者俾

夫子立之前聖之所未作者俾夫子作之上規聖明
下救淪壞垂之百王而不變稽之千古而不疑雖百
周公百堯舜復出於世亦無以過夫子也是夫子於
列聖有成歲之功也是列聖不能斂而夫子斂之也
吾以謂夫子之道江漢以濯之秋陽以暴之皜皜乎
不可尚已吾與諸足下奚所識知幸而生於時得以
登其門望其堂而傳其道以光榮其身吾與諸足下
猶衆無名之星也夫子猶日月之明也以無名之星
代日月之明雖積累萬數吾未見其可況一焉而已
乎諸足下柰何乃不察於是也天則有一冬而諸足

下有二冬乎苟有子升夫子之席而吾與諸足下趨進於左右斂衣而立負牆而請當是時有子能勿愧乎吾有以知彼之必愧也吾儕有所問而不能答有所辨而不能斷譁然而往默然而來鏗然而叩寂然而應當是時有子能勿慚乎吾又知彼之必慙也昔者吾友子淵寔有聖人之德不幸短命前夫子而死便子淵尚在而設之於夫子之席吾猶恐天下之不吾信也足下以有子之道義孰與子淵德明而仁備孰與子淵夫子稱而嘆之孰與子淵羣弟子服其爲人孰與子淵達夫子之道而隣夫子之性孰與子淵

是數者皆無一可而獨以其容貌之似而欲升師之席竊師之位不亦難乎夫容貌之似者非獨有子也陽虎亦似矣如欲其大似則當以陽虎為先奚先於有子哉諸足下果欲何耶復欲睹夫子之容乎復欲聞夫子之道乎如止欲睹夫子之容則圖之可也木之可也何必取弟子之似者以僭其稱而悖其位如必欲聞夫子之道不可以茍而已也且吾聞之師其道不必師其人師其人不必師其形如欲師其道則有夫子之六經在詩可以見夫子之心書可以知夫子之斷禮可以明夫子之法樂可以達夫子之德易

可以察夫子之性春秋可以存夫子之志是之弗務而假設以為尚此吾所以悼痛而不敢知也且昔夫子果何師哉師堯舜者也師文王者也師周公者也惟曰師其道而已未聞其假設而師之則似堯舜者似文王者似周公者終身而不得見矣苟不見其人則亦弗師其道乎夫麟之於獸也鳳之於鳥也出乎其類而處乎長者也不幸而麟以死鳳以亡則亦假設而為之乎諸足下盍姑止不然吾恐萬世之後宗口者寡矣死而無知則已如其有知則子淵子路輩將瞋目流涕而有責於足下也諸足下其思之不宣

參白

江鈿文海多以它人文爲公所作其章章者筠州學記曾鞏文也綿本亦誤收察言論唐庚文也甚至元豐以後暨徽宗朝所下制詔亦有託公名者自當刪去惟京本英辭類稾似少僞妄而代曾參答弟子書不知何人之文與此卷兵儲塞垣兩論皆可疑削之恐無以解後來之惑姑留而著其説

外集卷第九

本論以教道（道一作導）而於（一作而已）立法以制之（之一作財）今四海（三字上有方字）一敢驕（一作又驕）

原正統論正統之論作（一作正統之論與爲）其不（一禁其字）其詩下同於列國（一作周之太師亦自黜其詩同列國）仲尼以爲■以加正月（四十五字一作仲尼以周平避始衰之王而正統在周也乃作春秋自平王始去遂推尊周室明正統之所在內借魯史以託文又因隱公失正之君遂起元而明法故書王以加正月）魯隱（此下一有公字）

左驗（一作其驗）唐授之隋（授一作受下同）至其（至字下一有於字）

明正統論其上（一作其正）則是天下之君矣斯謂之正統可矣（矣一作也）相兼（一作相并）將安與乎（此下注文一有東魏後魏是也六字）可謂之正統乎（此下注文一有魏及五代是也六字）篡位（一作篡立）正統萬世

大公之器也。正統字下一有者字得之者少也。一乘也字正統之說四字之上一有以其得之者少所以其為名甚尊而重也至乎不得已則推其迹而進之二十八字復正一作後正

秦論其德一作其功德夫始皇至廢秦也二十八字一作然自漢而下為正統者多矣其用德之薄厚施政之寬猛雖有不同而其大體往往不能改秦也故自天子百官之稱號下至郡縣阡陌之制皆因秦舊而用之然則秦之改作若以德而附之何害於正統也夫始皇之不德不過如桀紂耳桀紂不能廢夏商之統則始皇未可廢秦也三代之相傳而王也飾之禮樂文章而稱道其功德使後世炳然悅慕其所為秦獨不然然又特惡儒生學上是以漢興學者尤醜詆之此豈大公之論耶漢之興也起於亡徒而至皇帝非有三代漸積之德非甚醜秦則不能見其興起之功昔周人道紂之罪多孔子尚疑其不至於是況漢儒之私說乎然後遂惑其說而雷同者也

後魏論　迭强於諸侯此下一有矣字有所不取也此下一有天地之生萬物也人以聰明而爲貴人之分四夷也中國以有禮義而爲貴故以其貴者治賤者爲順以賤者干貴者爲逆聖人之推與善之誠夷狄而慕中國則進之夫進夷狄於中國幸矣遂以干帝王之統其可乎八十八字　苻堅此下脫當堅二字

梁論　胡謂而從之五字一作胡以從之

慶曆四年京師刊宋文粹十五卷皆一時名公之古文正統論七篇在焉蓋公初本也外集此卷則公所自改者至居士集十七卷方爲定本今並存之使學者有考焉

原弊　聽無節聽一作聰　今坐華屋今字下脫一夫字　請試言之一作

請試言兵戎之事高化軍疑惟耗惟一作雖有支移之賦一作有賦有征

塞垣

斥堠一作斥候牙帳一作可汗帳我師禦扞此句疑有脫誤耤城險城一作賊

經旨

石鷁論

夫據天道仍人事筆則筆而削則削此春秋之所作也援他說攻異端是所是而非所非此三傳之所殊也若乃上揆之天意下質諸人情推至隱以探萬事之元垂將來以立一王之法者莫近於春秋矣故杜預以謂經者不刊之書范甯亦云義以必當爲理然至一經之指三傳殊說是彼非此學者疑焉魯僖之十六年隕石于宋五六鷁退飛過宋都左氏傳之曰

石隕于宋星也六鷁退飛風也公羊又曰聞其磌然視之則石察之則五故先言石而後言五視之則鷁徐而視之則退飛故先言六而後言鷁穀梁之意又謂先後之數者聚散之辭也石鷁猶盡其辭而況於人乎左氏則辨其物公穀則鑒其意噫豈聖人之旨不一邪將後之學者偏見邪何紛紛而若是也且春秋載二百年之行事陰陽之所變見災異之所著聞究其所終各有條理且左氏以石爲星者莊公七年星隕如雨若以所隕者是星則當星隕而爲石何得不言星而直曰隕石乎夫大水大雪爲異必書若以

小風而鷁自退非由風之力也若大風而退之則衆鳥皆退豈獨退鷁乎成王之風有拔木之力亦未聞退飛鳥也若風能退鷁則是過成王之風矣而獨經不書曰大風退鷁乎以公羊之意謂數石視鷁而次其言且孔子生定哀之間去僖公五世矣當石隕鷁飛之際是宋人次於舊史則又非仲尼之善志也且仲尼隔數世修經又焉及親數石而視鷁乎穀梁以謂石後言五鷁先言六者石鷁微物聖人尚不差先後以謹記其數則於人之褒貶可知矣若乃西狩獲麟不書幾麟鸜鵒來巢不書幾鸜鵒豈獨謹記於石

鵒而忽於麟鸜鵒乎如此則仲尼之志荒矣殊不知聖人紀災異著勸戒而已矣又何區區於謹數乎必曰謹物察數人皆能之非獨仲尼而後可也噫三者之說一無是矣而周內史叔興又以謂陰陽之事非吉凶所生且天裂陽地動陰有陰陵陽則日蝕陽勝陰則歲旱陰陽之變出爲災祥國之興亡由是而作既曰陰陽之事孰謂非吉凶所生哉其不亦又甚乎

辨左氏

左丘明作春秋外傳以記諸國之語其記柯陵之會曰單襄公見晉厲公視遠而步高且告魯成公以晉

必有禍亂成公問之曰天道乎人事也單子曰吾非瞽瞍焉知天道吾見晉侯之容矣又曰觀其容知其心後卒知單子之言甚矣丘明之好奇而欲不信其書以傳後世也若單子之言然則夫單子者未得為篤論君子也幸其言與事會而已不然丘明從後書之就其言以合其事者乎何以論之觀其容雖聖人不能知人之心知其必禍福也夫禮之為物也聖人之所以飾人之情而閑其邪僻之具也其文為制度皆因民以為節而為之大防而已人目好五色為制文物采章以昭之耳樂和聲為制金石絲竹以道之

體安尊嚴爲制冕弁衣裳以服之文懼其佚而過制也因爲之節其登車也有和鑾之節其行步也有佩玉之節其環拜也有鍾鼓之節其升降周旋莫不有節是故有其服必有其容故曰正其衣冠尊其瞻視儼然人望而畏之則外閑其邪而使非僻之心不入而已衣冠之不正瞻視之不尊升降周旋之不節不過不中禮而已天之禍福於人也豈由是哉人之心又能以是而知之乎夫喜怒哀樂之動乎中必見乎外推是而言猶近之單子則不然乃以絶義棄德因其視瞻行步以觀之又以謂不必天道止於是而禍

福於是皆可以必此故所謂非篤論君子而其言幸與事會者也書曰象恭滔天又曰巧言令色孔壬夫容之與心其異如此故曰觀其容雖聖人不能知其心堯舜之無後顔回之短命雖聖人不可必夫君子之修身也内正其心外正其容而已若曰因容以知心遂又知其禍敗則其可乎

三年無改問

或問傳曰三年無改於父之道可謂孝矣信乎曰是有孝子之志焉蹈道則未也凡子之事其親莫不盡其心焉爾君子之心正正則公盡正心而事其親大

舜之孝是也蓋嘗不告而娶矣豈曰不孝乎至公之道也惟至公不敢私其所私私則不正以不正之心事其親者孝乎非孝也故事親有三年無改者有終身而不可改者有不俟三年而改者不敢私其所私也衰麻之服祭祀之禮哭泣之節哀思之心所謂三年而無改也世世其世奉其遺體守其宗廟遵其教詔雖終身不可改也國家之利社稷之大計有不俟三年而改者矣禹承堯舜之業啓嗣之無改焉可也武王繼文之業成王嗣之無改焉可也使舜行瞽之不善禹行鯀之惡曰俟三年而後改可乎不可也凡爲

人子者幸而伯禹武王爲其父無改也雖過三年忍改之乎不幸而瞽鯀爲其父者雖生焉猶將正之死可以遂而不改乎文王生而事紂其死也武王不待畢喪而伐之敢曰不孝乎至公之道也魯隱讓桓欲成父志身終以弒春秋譏之可曰孝乎私其私者也故曰凡子之事其親者盡其心焉爾心貴正正則不敢私其所私者大孝之道也曰然則言者非乎曰夫子死門弟子記其言門弟子死而書寫於乎人家之壁中者果盡夫子之云乎哉

易或問

或問曰王弼所用卦爻彖象其説善乎曰善矣而未盡也夫卦者時也時有治亂卦有善惡然以彖象而求卦義則雖惡卦聖人君子無不可為之時至其爻辭則艱厲悔吝凶咎雖善卦亦嘗不免是一卦之體而異用也卦彖象辭常易而明爻辭嘗險而隱是一卦之言而異體也知此然後知易矣夫卦者時也爻者各居其一位者也聖人君子道大而智周故時無不可為凡卦及彖象統言一卦之義為中人以上而設也爻之為位有得失而居之者逆順六位君子小人之雜居也君子之失位小人之得位皆凶也居其

位而順其理者吉逆其理者亦凶也六爻所以言得失逆順而告人以吉凶也爻辭兼以疑中人以下而設也是以論卦多言吉考爻多凶者由此也卦彖象辭大義也大義簡而要故其辭易而明爻辭占辭也占有剛柔進退之理逆順失得吉凶之象而變動之不可常者也必究人物之狀以爲言所以告人之詳也是故窮極萬物以取象至于臀腓鼠豕皆不遺其及于恠者窮物而取象者也其多隱者究物之深情也所以盡萬物之理而爲之萬事之占也或曰易曰君子順天休命又曰自天祐之吉無不利其繫辭曰

天垂象見吉凶聖人象之易之爲説一本於天乎其兼於人事乎曰止於人事而已矣天不與也在諸否泰然則天地鬼神之理可以無乎曰有而不與也在諸謙知此然後知易矣泰之彖曰君子道長小人道消否之彖曰小人道長君子道消夫君子進小人不得不退小人進君子不得不退其勢然也君子盛而小人衰天下治於泰矣小人盛而君子衰天下亂於否矣否泰君子小人進退之間爾天何與焉問者曰君子小人所以進退者其不本於天乎曰不也上下交而其志同故君子進以道上下不交而其志不通

則小人進以巧此人事也天何與焉又曰泰之彖不云乎天地交而萬物通否之彖不云乎天地不交而萬物不通乎曰所以云者言天地也其曰上下之交不交者言人事也嗚呼聖人之於易也其意深其言謹謙之彖曰天道虧盈而益謙地道變盈而流謙鬼神害盈而福謙人道惡盈而好謙聖人之於事知之爲知之不知爲不知所以言出而萬世信也夫日中則昃之月缺則盈之天吾不知其心吾見其虧盈於物者矣物之盛者變而衰落之下者順而流行之地吾不知其心吾見其變流於物者矣貪滿者多損謙

卑者多福鬼神吾不知其心吾見其禍福之被人者矣若人則可知其情者也故天地鬼神不可知其心而見其迹之在物者則據其迹曰虧盈曰變流曰害福若人則可知者故直言其情曰好惡故曰其意深而言謹也然會而通之天地神人無以異也使其不與於人乎修吾人事而已使其有與於人乎與人之情無以異也亦脩吾人事而已夫專人事則天地鬼神之道廢參焉則人事惑使人事脩則不廢天地鬼神之道者謙之象詳矣治亂在人而天不與者否泰之象詳矣推是而之焉易之道盡矣或問曰今之所

謂繫辭者果非聖人之書乎曰是講師之傳謂之大傳其源蓋出於孔子而相傳於易師也其來也遠其傳也多其間轉失而增加者不足怪也故有聖人之言焉有非聖人之言焉其曰易之興也其於中古乎作易者其有憂患乎其文王與紂之事歟殷之末世周之盛德歟若此者聖人之言也由之可以見易者也河出圖洛出書聖人幽贊神明而生蓍兩儀生四象若此者非聖人之言凡學之不通者惑此者也知此然後知易矣

詩解統序蜀中詩本義有此九篇他本無之故附於此

五經之書世人號爲難通者易與春秋夫豈然乎經皆聖人之言固無難易繫人之所得有深淺今考于詩其難亦不讓二經然世人反不難而易之用是通者亦罕使其存心一則人人皆明而經無不通矣大抵謂詩爲不足通者有三曰章句之書也曰淫繁之辭也曰猥細之記也若然孔子爲迂儒矣非唯今人易而不習之考于先儒亦無幾人是果不足通歟唐韓文公最爲知道之篤者然亦不過議其序之是否豈足明聖人本意乎易書禮樂春秋道所存也詩關此五者而明聖人之用焉習其道不知其用之與奪

猶不辨其物之曲直而欲制其方圓是果於其成乎故二南牽於聖賢國風惑於先後豳居變風之末惑者溺於私見而謂之兼上下二雅混於小大而不明三頌昧於商魯而無辨此一經大槩之體皆所未正者先儒既無所取捨後人因不得其詳由是難易之說興焉毛鄭二學其說熾辭辯固已廣博然不合于經者亦不為少或失於疎略或失於謬妄蓋詩載關雎上兼商世下及武成平桓之間君臣得失風（一作士）俗善惡之事闊廣邃邈有不失者鮮矣是亦可疑也予欲志鄭學之妄益毛氏疎略而不至者合之於經

故先明其統要十篇庶不爲之蕪泥云爾

二南爲正風解

天子諸侯當大治之世不得有風風之生天下無王矣故曰諸侯無正風然則周召可爲正乎曰可與不可非聖人不能斷其疑當文王與紂之時可疑也二南之詩正變之間可疑也可疑之際天下雖惡紂而主文王然文王不得全有天下爾亦曰服事於紂焉則二南之詩作於事紂之時號令征伐不止於受命之後爾豈所謂周室衰而關雎始作乎史氏之失也推而别之二十五篇之詩在商不得爲正在周不得

爲變焉上無明天子號令由己出其可謂之正乎二南起王業文王正天下其可謂之變乎此不得不疑而輕其與奪也學詩者多推於周而不辨於商故正變不分焉以治亂本之二南之詩一有而字在商爲變而在周爲正乎或曰未諭曰推治亂而迹之當不誣矣

周召分聖賢解

聖人之治無異也一也統天下而言之有異焉者非聖人之治然矣由其民之所得有淺深焉文王之化出乎其心施乎其民豈異乎然孔子以周召爲别者蓋上下不得兼而民之所化有淺深爾文王之心則

一也無異也而說者以爲由周召聖賢之異而分之何哉大抵周南之民得之者深故因周公之治而繫之豈謂周公能行聖人之化乎召南之民得之者淺故因召公之治而繫之豈謂召公能行聖人之化乎殆不然矣或曰不繫於雅頌何也曰謂其本諸侯之詩也又曰不統於變風何也曰謂其周迹之始也列於雅頌則終始之道混矣雜於變風則文王之迹殆（一作始）矣雅頌焉不可混周迹之始其將略而不具乎聖人所以應之也由是假周召而分焉非因周召聖賢之異而別其稱號爾蓋民之得者深故其心厚心

之感者厚故其詩切感之薄者亦猶其深故其心淺心之淺者故其詩略是以有異焉非聖人私於天下而淺深厚薄殊矣二南之作當紂之中世而文王之初是文王受命之前也世人多謂受命之前則太姒不得有后妃之號夫后妃之號非詩人之言先儒序之云爾考於其詩感於其序是以異同之論爭起而聖人之意不明矣

王國風解

六經之法所以法不法正不正由不法與不正然後聖人者出而六經之書作焉周之衰也始之以夷懿

終之以平桓平桓而後不復支矣故書止文侯之命而不復録春秋起周平之年而治其事詩自黍離之什而降於風絶於文侯之命謂教令不足行也起於周平之年謂正朔不足加也降於黍離之什謂雅頌不足興也教令不行天下無王矣正朔不加禮樂徧出矣雅頌不興王者之迹息矣詩書貶其失春秋憫其微無異焉爾然則詩處於衛後而不次於二南惡其近於正而不明也其體不加周姓而存王號嫌其混於諸侯而無王也近正則貶之不著矣無王則絶之太遽矣不著云者周召二南至正之詩也次於至

正之詩是不得貶其微弱而無異二南之詩爾若然豈降之乎太遽云者春秋之法書王以加正月言王人雖微必尊於上周室雖弱不絕其王苟絕而不與豈尊周乎故曰王號之存黜諸侯也次衛之下別正變也桓王而後雖欲其正風不可得也詩不降於厲幽之年亦猶春秋之作不在惠公之世爾春秋之作傷典誥之絕也黍離之降憫雅頌之不復也幽平而後有如宣王者出則禮樂征伐不自（一作在）諸侯而雅頌未可知矣奈何推波助瀾縱風止燎乎

十五國次解

國風之號起周終豳皆有所次聖人豈徒云哉而明詩者多泥於疏説而不通或者又以爲聖人之意不在於先後之次是皆不足爲訓法者大抵國風之次以兩而合之分其次以爲比則賢善者著而醜惡者明矣或曰何如其謂之比乎曰周召以淺深比也衛王以世爵比也鄭齊以族氏比也魏唐以土地比也陳秦以祖裔比也鄶曹以美惡比也豳能終之以正故居末焉淺深云者周得之深故先於召世爵云者衛爲紂都而紂不能有之周幽東遷無異是也加衛於先明幽紂之惡同而不得近於正焉姓族云者周

法尊其同姓而異姓者爲後鄭先於齊其理然也土地云者魏本舜地唐爲堯封以舜先堯明晉之亂非魏褊儉之等也祖裔云者陳不能興舜而襄公能大於秦子孫之功陳不如矣一有聖字穆姜卜而遇艮之隨乃引文言之辭以爲卦説夫穆姜始筮時去孔子之生尚十四年爾是文言先於孔子而有乎不然左氏不爲誕妄也推此以迹其怪則季札觀樂之次明白可驗而不足爲疑矣夫黍離已下皆平王東遷桓王失信之詩是以列於國風言其不足正也借使周天子至甚無道則周之樂工敢以周王之詩降同諸侯

乎是皆不近人情不可爲法者昔孔子大聖人其作春秋也既微其辭然猶不公傳於人第口受而已況一樂工而敢明白彰顯其君之惡哉此又可驗孔子分定爲信也本其事而推之以著其妄庶不爲無據云

定風雅頌解

詩之息久矣天子諸侯莫得而自正也古詩之作有天下焉有一國焉有神明焉觀天下而成者人不得而私也體一國而成者衆不得而違也會神明而成者物不得而欺也不私焉雅著矣不違焉風一矣不

歟焉頌明矣然則風生於文王而雅頌雜於武王之間風之變自夷懿始雅之變自厲幽始霸者興變風息焉王道廢詩不作焉秦漢而後何其滅然也王通謂諸侯不貢詩天子不採風樂官不達雅頌國史不明變非民之不作也詩出於民之情性情性其能無哉職詩者之罪也通之言其幾於聖人之心矣或問成王周公之際風有變乎曰豳是矣幸而成王悟也不然則變而不能復乎豳之去雅一息焉蓋周公之心也故能終之以正

魯頌解

或問諸侯無正風而魯有頌何也曰非頌也不得已而名之也四篇之體不免變風之例爾何頌乎頌惟一章而魯頌章句不等頌無頌字之號而今四篇皆有其序曰季孫行父請命于周而史克作之亦未離乎強也頌之本一人是之未可作焉訪於衆人衆人可之猶曰天下有非之者又訪於天下天下之人亦曰可然後作之無疑矣僖公之政國人猶未全其惠而春秋之貶尚不能逃未知其頌何從而興乎頌之美者不過文武文武之頌非當其存而作者也皆追述也僖公之德孰與文武而曰有頌乎先儒謂名生

於不足宜矣然聖人所以列爲頌者其說有二貶魯之強一也勸諸侯之不及二也請於天子其非強乎特取於魯其非勸乎或曰何謂勸曰僖公之善不過復土宇修宫室大牧養之法爾聖人猶不敢遺之使當時諸侯有過於僖公之善者聖人忍絶去而不存之乎故曰勸爾而鄭氏謂之備三頌何哉大抵不列於風而與其爲者所謂憫周之失貶魯之強是矣豈鄭氏之云乎

商頌解

古詩三百始終於周而仲尼兼以商頌豈多記而廣

録者哉聖人之意存一頌而有三益大商祖之德其益一也予紂之不憾其益二也明武王周公之心其益三也曷謂大商祖之德曰頌具矣曷謂予紂之不憾曰憫廢矣曷謂明武王周公之心曰存商矣按周本紀稱武王伐紂下車而封武庚於宋以爲商後及武庚叛周公又以微子繼之是聖人之意雖惡紂之暴而不忘湯之德故始終不絶其爲後焉或曰商頌之存豈異是乎曰其然也而人莫之知矣（三字一作知之）非仲尼武王周公之心殆而成湯之德微毒紂之惡有不得其著矣向所謂存一頌而有三益焉者豈妄云

弍

十月之交解

小雅無厲王之詩著其惡之甚也而鄭氏自十月之交已下分其篇以爲當刺厲王又妄指毛公爲詁訓時移其篇第因引前後之詩以爲據其說有三一曰節刺師尹不平此不當譏皇父擅恣予謂非大亂之世者必不容二人之專不然李斯趙高不同生於秦也其二曰正月惡褒姒滅周比不當疾豔妻之說出於鄭氏非史傳所聞況褒姒之惡天下萬世皆同疾而共醜者二篇譏之殆豈過哉其三曰幽王時司徒

乃鄭桓公友此不當云番惟司徒予謂史記所載鄭桓公在幽王八年方爲司徒爾豈止桓公哉是三説皆不合於經不可按法爲鄭氏者獨（一作又）不能自信而欲指他人之非斯亦惑矣今考雨無正已下三篇之詩又其亂説歸向皆無刺厲王之文不知鄭氏之説何從而爲據也孟子曰説詩者不以文害辭不以辭害意非如是其能通詩乎

按公墓誌等皆云詩本義十四卷江浙閩本亦然仍以詩圖總序詩譜補亡附卷末惟蜀本增詩解統序幷詩解凡九篇共爲一卷又移詩圖總序詩譜補亡自爲一卷總十六卷故綿州於集本收此九篇它本則無之今附此卷中

石鷁論　獨經（一作經獨）

辨左氏　人事也（一作乎）　瞽瞍（一作史）

易或問（文海作答問卦爻彖象）　於泰　於否（文海作而泰而否）

二南爲正風解　可與不可（與一作亦）

定風雅頌解 滅然 滅字疑

十月之交解 亂說歸向疑

外集卷第十一　　歐陽文忠公集六十一

碑銘

衛尉卿祁公神道碑銘

惟太原祁氏，其先出於黃帝之子二十五人，一食於祁，遂爲氏。太原晉公盛於春秋之際，祁氏亦盛於晉。其後世遠而衰，子孫散亡（一作亡散）之他國，有居譙者，即爲譙人。後幾世生公，諱某。公由曾祖（一有考字）以來畜德蘊明，世不大顯。公生幾歲，始有賢子華。華咸平三年以鄉貢進士中（一作及）第，始以祿榮其親。後幾歲公卒，卒之歲實景祐四年正月二十七日，享年六十有一華既棄官服喪于家日月二字一作既訖如禮起復就仕仕又其年始爲尚書郎然後又以爵榮之一命贈大理評事累升衛尉卿夫人楚氏其人女其賢爲公之配後公以辛天聖八年始以公夫人之喪合葬譙縣湯陰鄉將葬乃考其世德刻石藏墓中又圖刻於墓隧之外以暴露顯揚孝子之心也初公閒居常命華曰祁氏世有仕族一作官名聲可稱聞者比比出於時自國家建隆以來天子每一作歲歲下書四方舉賢能之士以官之而四方之人摩肩爭出獨祁氏無一人之迹至譙刺史廷下稱應書者豈吾門遂廢乎抑大

廢而後興也或後遂興興由汝也於是盡出其家之有益市群書日釀酒爲具以待四方之賓使與之遊每鄉里大儒先生講說授學校一作徒子即隨酒具以往勤勤盡其歡歲時未嘗懈怠不一有敢字顧貲産之有無者惟奉其家祭祀及以禮士君子爾由是浸漸以成人及享子禄不數歲乃終人謂力勞而報約何也旣而享名爵登九卿然後鄉里榮之夫享子養人之常殁而榮不朽顧天之報予孰云無厚薄哉惟公以純篤敦實履其身行其家以大其門教其子卒成其志志成矣而身殁身殁而名益榮矣今又得顯書其

行揭之金石以彰爲善之効而以其餘勸於後人得爲賢也噫今有人（一作人有）負材與能昂立人上與時爭高下不肯分寸屈其心而卒困厄顛踣怏怏不得志欲一縣佐不可得以至窮且老歿無聞者幸而得志處富貴極崇高即死而身名俱滅子孫至爲僕隸轉死溝壑者亦不可數用彼較此得失孰多乎豈負材與畜德所享固不同耶碑具使來乞辭辭具又爲之詩以貽譙里之童子使歌之以永公之無窮也

衣車赫赫馳者誰生世不聞死莫知卿居里門乃褐衣歿榮之存令名垂人有不信考斯碑卿之有碑由

子爲後之父者宜所思

諫議大夫楊公墓誌銘

府君杭州錢塘人其譜曰漢太尉震之後世出弘農其後微遠不能譜録府君之九代祖隱朝始復得次序曰隱朝生燕客燕客生堪而猶爲弘農人堪生承休是謂皇高祖唐天祐元年爲刑部員外郎副給事中鄭祁使吴越册錢鏐爲王楊行密亂江淮道阻不克歸遂留杭州始分弘農之籍籍錢塘初承休之行也挈其子巖以俱巖仕吴越國位至丞相是謂皇曾祖生尚書職方員外郎諱鄴是謂皇祖生贈禮部尚

書諱蠙是謂皇考府君幼失其父有志節不群諸兒
母元夫人獨愛之夫人之喪尚書也内外之姻未嘗
有見其笑者府君生十歳作雪賦一篇始爲之笑及
長尤好學日必誦書數萬言或晝夜不息臨食至失
匕筯已而病其目元夫人奪藏其書府君盗之亡鄰
家以讀大宋受命太宗皇帝即位之三年吴越忠懿
王朝京師以其地納籍有司吴越國除隨其皇祖以
族行寓宋州三舉進士端拱二年中乙科歷蔡州新
昌縣令遷著作佐郎知德州爲政有治迹詔書褒之
咸平三年交趾獻馴犀府君以祕書丞監在京商税

院因奏犀賦真宗嘉之召試學士院遷太常博士賦一時文士爭相傳誦不及明年又上書自薦獻所爲文二十餘萬言乃直集賢院知袁筠二州提點開封府界諸縣入爲三司鹽鐵判官知越州提點淮南刑獄爲宰相王文穆公不悦以事罷之卒坐考試國子監生貶監陳州榷酒逾年得知常州復入三司判磨勘司丁元夫人憂服除判户部勾院比自薦及是二十七年矣然少孤能自立力勤苦爲文章履其身以儉約不妄自爲進取其官業行己之方一皆自信於聖人之道不肯少顧時之人所爲而時之人亦以有

德君子名之故其直集賢院者二十七年不遷官由太常博士纔至刑部郎中有出其後者往往至榮顯或有笑其違世自守以質朴諷使少改其爲者府君歎曰吾不學乎世學乎聖人由是以至此吾之所有不敢以薦於人而嘗自獻于天子矣今欲孰附以進邪其信道深篤不可屈曲如此天聖四年以久次遷集賢修撰出知應天府同糺察在京刑獄轉兵部郎中六年年六十五老矣始召以知制誥府君與潁川陳從易皆以好古有文行知名然二人者皆久不用遂以老旣而一日並用之是時學者稍相習務媮竊

爲文章在位稍以爲患皆以謂天子用耆老將有意矣而又下詔書勑學者禁浮華使近古道然後以謂用二人皆不無意矣而皆恨其晚也居二歲拜右諫議大夫集賢院學士出知亳州於州封號略縣男食邑三百户明道二年四月十日以疾卒於州之正寢年六十有九其病將卒猶不廢學有文三十卷曰隱集又五卷曰西垣集嗚呼畜其學以老不克用獨見於文章然其文卒待一施於朝廷遂位榮顯既貴贈其皇考禮部尚書母太原郡太君其婦曰潭南縣君張氏後夫人南陽郡君亦張氏蔭其男長曰洎明

州觀察支使次曰濬江陰軍司理參軍次曰泳漸沅渢皆將作監主簿既終又蔭二孫其官其餘 之及者三世則夫守道者未必果不遇也噫楊氏嘗以族顯於漢爲三公者四世漢之亂更魏涉晉戕賊（一作斲）於夷胡而漢之大人苗裔盡矣比數百歲下而及唐然楊氏之後獨在大和開成之間曰汝士者與虞卿魯士漢公又以名顯於唐居靖恭坊楊氏者大以其族著唐之亂極於懿僖昭三宗下更五姓天下疕裂焚蕩翦薙而唐之名臣之後盡矣又幾百年至于今然楊氏之後獨在及府君又大顯始震嘗有德於漢

而死以無辜君子悼震曰不幸然孰知夫世不昌且久歟而府君又畜其德則孰知其後世又不然歟於其葬也是宜銘銘益所以使後世之有考也府君卒後若干年以景祐二年某月某日葬杭州某縣某鄉澤南縣君先府君二十六年以亡及是合葬自有誌府君初名佩後避真宗皇帝舊名改曰大雅字子正

銘曰

楊氏之先自震有聞有盛有衰世惟厥人由漢迄今更難冒亂歷時千年而世三顯府君之顯不彰于初其久不渝卒克以數弘農之分遂播南土嗚呼德則

承其先而葬也塋于（一作於）祖

尚書職方郎中分司南京歐陽公墓誌銘

公諱穎字孝叔咸平三年舉進士中第初任峽州軍事判官有能名即州拜秘書省著作佐郎知建寧縣未半歲峽路轉運使薛顏巡部至萬州逐其守之不治者以謂繼不治非尤善治者不能因奏自建寧縣往代之以治聞由萬州相次九領州而治之一再至曰鄂州二辭不行初彭州以毋夫人老不果行最後嘉州以老告不行實治七州州大者繁廣小者俗惡而姦皆世指爲難治者其尤甚曰歙州民習律令性

書訟家家自爲簿書凡閭人之陰私毫髮坐起語言日時皆記之有訟則取以證其視入狴牢就桎梏猶冠帶偃蹇恬如也盜有殺其民董氏於市三年捕不獲府君至則得之以抵法又富家有盜夜入啓其藏者有司百計捕之甚急且又大購之皆不獲有司苦之公曰勿捕與購獨召富家二子械付獄鞫之州之吏民皆曰是素良子也大恠之更疑互諫公堅不回鞫愈急二子服然吏民猶疑其不勝而自誣及取其所盜某物於某所皆是然後讙一作歎曰公神明也其治尤難者若是其易可知也公剛果有氣外嚴內明

不可犯以是施於政亦以是持其身初皇考侍郎爲許田令時丁晉公尚少客其縣皇考識之曰貴人也使與之遊待之極厚及公佐峽州晉公薦之遂拜著作其後晉公居大位用事天下之士往往因而登榮顯而公屛不與之接故其仕也自著作佐郎秘書丞太常博士尚書屯田都官職方三員外郎郎中皆以歲月考課次第陞知萬峽鄂歙彭鄂閬饒嘉州皆所當得及晉公敗士多不免惟公不及明道二年以老乞分司有田荊南遂歸焉以景祐元年正月二十六日終于家年七十有三祖諱某贈某官疑皇妣李氏

贈其縣君夫人曾氏其縣君先七公平生彊力少疾病居家忽晨起作遺戒數紙以示其嗣子景昱曰吾將終矣後三日乃終而嗣子景昱能守其家如其戒歐氏出於禹禹之後有越王句踐句踐之後有無疆者爲楚威王所滅無疆之子皆受楚封封之烏程歐陽亭者爲歐陽氏漢世有仕爲涿郡守者子孫遂北有居冀州之渤海有居青州之千乘而歐陽仕漢世爲博士所謂歐陽尚書者也渤海之歐陽有仕晉者曰建所謂渤海赫赫歐陽堅石者也建遇趙王倫之亂其兄子質南奔長沙自質十二世生詢詢生通仕

於唐皆爲長沙之歐陽而猶以渤海爲封通又三世而生琮琮爲吉州刺史子孫家焉自琮八世生萬萬生雅雅生高祖諱效高祖生曾祖諱託曾祖生皇祖武昌令諱郴皇祖生公之父贈户部侍郎諱儆皆家吉州又爲吉州之歐陽及公遂遷荆南且葬焉又爲荆南之歐陽嗚呼公於脩叔父也銘其叔父宜於其世尤詳銘曰

壽孰與之七十而老禄則自取於取猶少扶身以方亦以從公不變其初以及其終

都官郎中王公墓誌銘

明道元年五月二十四日尚書都官郎中王公以疾終于許州私第明年十月其孤宗彭宗古奉公之喪及公之先君先夫人俱葬于許州長社縣白兎原公諱世昌字次仲少屬文舉進士端拱元年登科第補鳳翔郿縣主簿再調開封七曹參軍知杭州鹽官縣又改蘇州常熟縣轉運使張式以治狀奏充秀州判官遷著作佐郎知彭州九隴縣轉太常丞會鹽鐵上言建安茶稅不充請擇材臣幹其任公膺是選歲增四千萬三年歸朝優詔嘉獎權知饒州連典蜀福二州歷太常博士屯田都官職方三員外郎權三司判

官出知鄧州轉屯田郎中徙東川賜三品服移戎州
權莅西京留守司御史臺又知澤州轉都官郎中知
絳州老疾上章得分司西京享年七十有八公性明
察凡爲郡獄訟無細大皆呼前面質其罪有寬者立
辨出之獄官俯伏受教僚佐充員而已故所至稱有
治聲亦用此爲人所擠成州之遷是也好接士類不
以年耆自處候門者雖晚進皆與均禮論者多之初
娶李氏再娶水丘氏封歸安縣君柔婉有婦道早亡
生子三人長宗説終杭州臨安主簿次宗古前連州
陽山令次宗彭前孟州汜水主簿女四人長適涇州

支使宋齊古次早夭次適侍御史楊偕次適光禄寺丞呂昌齡臨安有子一人師温郊社齋郎陽山子師良師儉皆郊社齋郎二女俱幼銘曰

八十其齡王品其服有子有孫以才以淑吁嗟令人兮饗用兹福

左班殿直胥君墓誌銘

胥姓出晉大夫童世久徙遷失其譜君諱某字致堯有子曰沆能略言其世曰吾家爲燕人十三代祖儀爲唐御史中丞坐言武后事貶臨川後世因家焉胥氏義聞鄉閭門有旌表由吾先君而上祖諱某仕僞

唐袁州宜春令父諱其當周世宗取淮南李氏日益衰亂因徙家合肥及吾先君始禄于朝然卒於不得志今其葬啟再拜以請予為考次君之行曰君少力學為文辭端拱咸平之間再舉進士嘗中選矣時天子諒闇不能廷試進士疑有司選太多削其奏籍之半乃罷去其冬契丹犯邊天子幸魏又將幸真定君以草澤應詔上書理檢言兵事且曰臣言有不可書者非人主不得聞天子召見為屏左右聽其說矍然而悟將拜其官既出大臣詰其事不肯對大臣皆不悦曰且可以職縻之以為三班借職君辭不就天子

還京師又固辭頤從進士試禮部皆不許以監溫州天富鹽監君歎曰吾親老敢擇祿邪凡世所謂材者惟施無不利乃可謂能吾將有爲也已乃受命凡治鹽三歲增其舊二百餘萬斛罷歸以能被薦未暇錄初契丹陷黎陽滑州守張秉請君將戍兵擊河凌以斷賊契丹去張公以君爲材留君護漁池迎陽二埽朱博代守滑乃曰河恐滑人者趨西埽爾請君兼護之君疏河爲別流以殺其勢明年河棄西埽去滑人無水恐歲省工材百餘萬秩滿有司上君鹽最護河之功遷奉職君意不滿辭不拜丁母夫人某氏憂終

喪不許以監黄州商税餘年課爲最召還在道用祀
汾陰恩卒遷奉職監杭州排岸司浚浙江龍山二閘
廢清河堰以通漕杭人至今便之爲端州兵馬監押
就遷右班殿直給事中樂黄目舉君材任閤門祗候
有司限例不行得温州兵馬監押期還遷職在温州
聞黄目死前舉狀格不用君歎曰豈吾命邪今天子
即位遷左班殿直以疾求監壽州酒税逾年請告就
醫京師天聖元年十月某日卒于建平坊享年五十
有九初娶宋氏生三男曰沆澄泳澄早卒二女長亦
早卒次適某氏再娶沈氏後君卒初君之喪寓葬朝

陽門外慶曆二年某月某日葬于某縣某鄉某原銘曰

余悲胥君始以儒者自進而仕也非其志方其以一布衣飛籍人主之意其志壯哉豈止於此自古賢材明智之士困於失職多矣豈天所不相邪豈其力不足邪蓋苟者多得偷者易安守義而窮乃理或然嗟乎胥君永矣兹阡

内殿崇班薛君墓誌銘

公諱塾字宗道絳州正平人資政殿學士兵部尚書河東簡肅公之第於惟簡肅爲時顯人天聖明道間

贊參大政，以道德剛直外正於朝，孝友敦睦内仁其家。其爵命之榮上逮三世，旁禄其族子官者三十人。公於（一作于）太保諱景之廟爲曾孫，太傅諱温瑜之廟爲孫，太師諱化光之廟爲第五子。少以簡肅蔭補三班借職，九遷内殿崇班，享年六十五以終。公爲人果毅質直，喜以氣節自高，少好學，嘗爲文詞，仕雖不章，官能其職。初監曲沃縣酒税，民素苦伐薪給官炊，公始更用石炭，民得不苦，至今賴之。又監龍門縣清澗木税、絳州鹽酒税、河中府浮橋，凡所施設皆有法，後人雖欲輒更莫能也。蜀民易摇，喜倡事以相驚譁，遂緣爲亂公爲兵馬監押旁郡呼曰盜將大至公能以重鎮之州卒無事民恃以安歲滿州乞留不克知河池縣賦役刑罰示民以信使民知政而吏無所措其姦始建孔子廟春秋飭其牲器以與邑人行事民初識學校之禮當時名臣若今樞密副使杜公多薦其材以兄嫌避不升用奉使走馬承受滄州路公事數對便殿言利害皆可施行歷監通利軍陝蜀二州兵康定二年六月十五日壬辰以疾卒于蜀州之廨其長子曰大理寺丞通判陵州仲儒扶其柩歸于絳州道出河池河池之民泣遮于路曰此吾民之所思也

公卒之六日，夫人吴氏卒于代州。其次子曰大理寺丞通判代州宗孺，以其喪歸，遂合葬于正平縣清源鄉周村原，用慶曆元年十二月二十一日丙申之吉。二子皆以材賢克承其家。女一人，適將作監主簿鄭宗賢。銘曰：

薛絳大族，興自簡肅。簡肅之哲，其剛烈烈。公躬直清，官以材稱。惟賢是似，不愧其兄。薛有世次，簡肅之碑。公墓南原，銘以識之。

長安縣太君盧氏墓誌銘

夫人盧氏，其父諱之翰，單父人，好學，通五行律曆，善

籌策中進士第至道中用兵河西以爲陝西轉運使
屢爲太宗言靈武事不合意輒貶既而事驗思之輒
復召用由是卒爲名臣官至太常少卿知廣州夫人
歸楊公時年始十七公前夫人張氏生三男文友文
舉文本皆尚幼夫人亦生三男一早卒次文敵文通
四女長適大理寺丞王中孚次適崑山縣尉刁緩次
將作監主簿朱銑次早卒楊公以文行著名當時治
身廉清好施宗族大中祥符四年以右諫議大夫覺
廣州家無貲夫人居喪於淮上諸子怡怡知其母之
慈撫其己不知家之有無也後二十有五年文友爲

虞部員外郎知建昌軍文舉國子博士通判蔡州文本文通早卒文敏由大理寺丞應進士中第爲太子中允知蘇州常熟縣夫人在建昌感疾卒官舍享年五十七將卒戒其子曰吾幸見汝輩立而死吾無以教爲人能如汝父足矣遂歸葬壽州之西原祔舊塋禮也夫人初用公封范陽縣君後用其子封仁壽縣太君又進封長安縣太君及卒也張夫人二子居喪哀如所生嗚呼賢母也哉是宜銘粤景祐三年二月庚戌葬之銘曰

從者其姑祔者其夫安此室乎

外集卷第十一

祁公神道碑 景祐碑云景祐四年卒，天聖八年葬。按天聖在景祐之前，疑景祐當作景德。

諫議楊公墓銘 録一作抵 學乎聖人四字上一有而字 其婦一字上一有封字

王公墓誌 水丘氏集本多作巫丘

薛君墓銘 又監一作後監

盧氏墓銘 將作二字上疑脫適字

碑銘

渼一作郿南縣君張氏墓誌銘

右諫議大夫集賢院學士楊公諱大雅之夫人曰渼南縣君張氏，父諱保衡，官至太僕寺丞。其先荆門大族，劉守光亂幽州，曾祖敏徙其家濟南之歷城，而益盛。夫人生二十有二歲，歸楊氏，十有五年，生二男三女。景德三年十月十四日終于袁州之廨。其子洎濬尚幼，能記其母，及長，聞其家與其外内宗姻之稱夫人者曰：夫人生于富族，而柔明孝謹。楊氏嘗世家，公少孤貧始爲開封縣尉夫人入其門若素小家子事其姑視日時早暮氣節之寒暑飲食起居之當進與否者不少懈如此十五年如始歸凡楊氏之内宗與其外姻賓客之至者如豐家退視其箱空如惟恐人之知也教其子不略弛其色有問之則曰慈或失之教不嚴不足以訓雖家人亦未嘗見其跛墜自開封及其爲祕書丞而得封又見其夫爲太常博士知袁州乃卒其後楊公登朝廷掌書命爲諫議大夫居榮顯皆莫見也嗚呼可哀也已天聖某年楊公薨景祐二年某月日子洎舉而合葬之於其葬也洎爲其官

濬爲某官女三人皆適人其幼早亡二女皆有子娶

矣銘曰

嗚呼一無二字生而淑没也何思夫安於此其從斯

太子賓客分司西京謝公墓誌銘

惟景祐元年十月之晦太子賓客分司西京謝公薨明年三月嗣子絳自京師舉其柩南歸用八月某吉葬杭州富陽縣某鄉某原合以夫人晉陵郡君許氏而從王父户部侍郎府君之墓次公世居富春生十一歲時已如成人嘗與客談論侍郎竊從聽之往往能奪其客議十四歲詣州學學左氏春秋略授其説

即爲諸生委曲講論如其師稍長居蘇州時天子平劉繼元露布至守臣當上賀命吴中文士作表章更數人皆不可意公私作於家客有持去者吴士見之大驚遂有名於南方淳化三年以進士及第爲梓州榷鹽院判官會兩川盜起攻劫州縣公秉賊未至盡伐近郊林木内城中且曰除賊隱蔽以修閉守之具有餘可給薪蒸爲久圍之備身與士卒守壍壁凡圍百日不能破賊平知州事尚書左丞張雍轉運使馬襄狀言其能就除觀察判官賜以器幣明年知益州華陽縣縣人苦兵劫皆逃失業朝廷卜令許民能倍

租入官者皆得占其田既而良田盡爲大豪所奪而逃人歸者不復得公至則手判訟牒以謂怙亂撫人不宜利倍租而使貧人失業盡奪之格其詔書不用由華陽召改著作佐郎通判壽州筠州知興國軍三遷至太常博士真宗方考責能吏一日自内出中外賢吏有治狀者二十四人付中書以名召公由興國召見于長春殿賜緋魚袋即日試於學士院明日邊臣有急奏天子詔且親征是時大賊王長壽又劫曹濮真宗面語宰相委公曹州遂改屯田員外郎以往至則縛凶人趙諫趙諤斬於京師（三字一作于市）曹人以寧

自曹歸朝是歲大星見西南方占曰在蜀奉使巡檢益利兩路蜀卒無事又議大鐵錢平其法至今行之使還舉州縣吏三十餘人宰相疑其多公願署連坐以取信朝廷從之所舉後皆爲能吏奉使舉人連坐自公始既而爲三司度支判官知泰州歙州再遷司封員外郎坐三司舉吏奪官復爲度支通判河南府侍中始平公自洛來朝薦之召試授兵部員外郎直史館判三司理欠憑由司出爲兩浙轉運使賜金紫遷禮部郎中判司農寺朝廷方議以知制誥將試忽得疾踰旬不能興遂寢天禧五年以户部郎中兼侍

御史知雜事同判吏部流内銓真宗葬永定陵詔山陵使道路所經拆民廬舍及城門以過車輿象物公上言先帝封祀行幸儀物全盛不聞所過壞民居今少府治塗車明器侈大非禮且違遺詔務儉薄之意請裁損之書奏不聽以疾求去職遷吏部郎中直昭文館知越州還遷太常少卿判太府寺登聞檢院復以疾求西京留司御史臺踰年就臺拜秘書監遂求分司明道元年轉太子賓客公少以文行有名於時自言吾於一作在天下無一嫌怨待士君子必盡其心雖人出其下亦未嘗敢懈怠家居有法度撫養孤幼

極𢙺愛常時溫和謙厚真長者及在官臨事見義喜
爲過於勇夫故所至必有能稱不幸中廢以疾不得
盡其所爲及居西京不關人事惟理醫藥與方術士
語終日不休歲時河南官屬諸門請見慘凝然肅潔
有威儀不若老且病者享年七十有四以壽終嗚呼
可謂君子者已公諱濤字濟之高祖希圖仕至衛州
刺史曾祖延徽處州麗水縣主簿祖懿文杭州鹽官
令父崇禮泰寧軍節度掌書記以公贈户部侍郎母
崔氏博陵郡太君弟四人炎最有文行知名於時見
國史子三人長曰絳次將作監主簿約次太廟齋郎

綺亦有文，皆早亡。謝氏自曾高不顯，由公始昌其家，而子絳又以文行繼之。初，公之葬其先君也，爲兵部員外郎；今公之葬，絳亦世其官。度支判官、河南府通判，並踐世職。判太府寺，實父子相代。書府之任，貽文史館、集賢院、祕閣，父子同時爲之，見于衣冠盛事録。謝氏其不衰，又將大也歟！銘曰：

謝之遠世，河南緱氏。四代之祖，因仕過江，卒葬嘉興，始留南方。曾祖在南，佐麗水縣，卒又葬焉，世亦未顯。祖令鹽官，始葬富陽。凡三徙遷，遂家於一作于杭。世久當隆，其昌自公。富陽之原，三世有墓。父大於祖，子大

於父後有賢嗣又有令孫公其安居有祀有承

檢校司農少卿致仕張公墓誌銘

君諱九思鄆州陽谷縣人張氏世以明經仕宦君少習春秋三傳太平興國五年以舉中高第凡仕若干年而致之又若干年而考終命初任雅州軍事推官轉大理評事光祿大理二寺丞太子中舍殿中丞國子博士尚書虞部比部駕部三員外郎中凡居官一十有三歷知黃蘄道三州既老又加檢校司農少卿於其家年八十有五其終也實天聖某年某月某日其葬也以明道二年某月某日其葬之地汝州襄城

縣某村某山之下父諱清累贈某官毋崔氏追封某縣太君初娶朱氏某縣君生子龜正龜文龜文先亡女二人後娶王氏某縣君生子龜誠在其葬也龜正爲鄆州支使知鄂州崇陽縣龜誠襄城縣尉君爲人沉朴謹儉官能其職爲政以慈仁厚下爲先人有鬭訟常兩諭之初強不屈化必以禮義柔之卒相服從頗改自缺爲善故所至人愛思之其爲黃州也飛蝗越州不下州人歌之以爲異凡居官所得俸廩計身衣食足而已秩滿還家輒以所餘分親族噫其賢厚而敏亦經之効歟銘曰

張世鄆居舉明經朴儉勤孝家所承公壯而仕老康
寧八十其壽位則卿始終以全爲家榮去鄆而汝從
新塋後之世者考此銘

河南府司録張君墓誌銘

山東道節度掌書記知伊陽縣事天水尹
洙撰

吾友張堯夫以今年七月癸酉葬其先君於北邙山
既葬二十有九日壬寅晨起感疾復就寢弗寤若醉
狀醫視其脉曰疾勢風甚感脉宜洪今細屢殆不可
爲晝未盡數刻啓手足於官署翌日殮于正寢戊申

葬先君墓次實明道二年八月也堯夫內淳固外曠簡不妄與人交初爲河南府推官後爲司録予與之遊幾五年出處多共之其飭身臨事予嘗愧堯夫堯夫不予愧也嗚呼安能盡識吾友之善哉堯夫名汝士年三十七歷官至大理寺丞先君諱某終虞部員外郎母李氏隴西縣君娶崔氏生二男三女皆幼勃海歐陽脩爲之銘曰

噫嘻哉上者蒼蒼也宜壽而夭宜福而禍有尸者邪其無也豐其躬者鮮其仁子之賢者嗇其位豈其不可兼邪斯可惺也其有莫施其爲不伐充而不光遂

以昧滅後孰知也弔賓盈位哭皆有涕夫嗟於道婦

咄於竈夫能使人之若此也噫嘻哉君子吾不得見

而見善人善人今復不得而見也

先君墓表此乃瀧岡表初稾其後刪潤頗多題曰瀧岡阡表在居士集第二十

五卷

脩不幸生四歲而孤太夫人守節自誓居貧自力於

衣食以長以教俾至于成人而嘗告之曰汝父爲吏

廉而好施以其俸禄事賓客常不使有餘曰無以是

爲我累故其亡也無一瓦之覆以庇其生然吾何恃

而能自守以至此耶吾於汝父知其一二而已也此

吾之所恃也吾之始歸也汝父免於母喪方踰年歲時祭祀則必泣涕曰祭而豐不如養之薄也間居而御酒食盛饌則又涕泣曰昔不足而今有餘其何及也吾始一二見之以爲新免於喪而適然耳既而其後常然至於終身未嘗不然此吾知汝父之能養也汝父爲吏嘗夜燭治官書屢廢而歎吾問之則曰此死獄也我求其生不得也吾曰生可求乎曰求其生而不得則死者與我皆無恨矧求而有得耶以其嘗有得知其不求而死者有恨也夫常求其生猶失之死而況世常求其死也回顧乳者抱汝而立于旁指而

歎曰歲行在戌我將死不及見兒之立也後當以我語告之其平居教他子弟亦皆用此語吾耳熟焉故能詳也其施於外事接於賓客或有矜飾吾不能知其居于家無所事而其爲如此是其發於中者也其心誠厚於仁者也此吾之知汝父之得疑有後也汝其勉之夫士有用捨志之得施與否不在已而爲仁與孝不取於人也脩泣而誌之不敢忘先君少孤力學咸平三年進士及第爲通州判官泗綿二州推官又爲泰州判官正身懷道不及其施享年五十有九初贈太子中允今贈其官太夫人姓鄭氏世爲江南

名族太夫人恭儉仁愛而有禮初封縣太君累封樂安安康彭城三郡太君自其子少賤時治其家以儉約其後常不使過之曰吾兒多不合于世儉薄所以安患難也脩初貶夷陵太夫人言笑自若曰汝家故貧賤也脩察其志久而安故其後立于朝得不苟容于時益自先君之亡二十年脩始得祿而養又二十有三年脩爲龍圖閣直學士尚書吏部郎中留守南京太夫人以疾卒于官舍享年七十有二脩竊自念爲人子而不能識其父幸而得聞吾母之言其忍廢爲乃泣血而記之歐陽氏自爲吉州吉水人至予脩

十有五世矣沙溪吾世之家且葬也故又刻其所記者表於其阡以告其宗族及鄉之人曰

而耕而田歲取百千而耘而學久而不獲田何取之囷倉哉哉學而取之簪笏盈家量功較收所得孰多先君之學獲不及時匿于其躬而利其後疾遲幾何善無不報先君之貽子脩不肖矧有才子于何不有矧我歐陽世家惟舊自始氏封烏程之亭在北有聞或冀或青中顯彌長或吉或衡勢大必分枝葉婆娑惟吉舊居子孫今多木久而林有喬其秀矧我歐陽扶踈並茂先君之德吾母知隆子脩不肖以俟其宗

以勉同鄉敢及他人

毋鄭夫人石槨銘

維皇祐五年癸巳六月庚午匠作石槨粤七月己亥既成銘曰於乎有宋歐陽脩母鄭夫人槨既窆既堅惟億萬年其固其安

胥氏夫人墓誌銘（公在憂制舉祔葬之禮故命門人秉筆）

廬陵歐陽先生語其學者徐無黨曰脩年二十餘以其所爲文見胥公于漢陽公一見而奇之曰子當有名于世因留置門下與之偕至京師爲之稱譽於諸公之間明年當天聖八年脩以廣文館生舉中甲科

又明年胥公遂妻以女公諱偃世爲潭州人官至工部郎中翰林學士公以文章取高第以清節爲時名臣爲人沈厚周密其居家雖燕必嚴不少懈每端坐堂上四顧終日如無人雖其嬰兒女子無一敢妄舉足發聲其飲食衣服少長貴賤皆有常數胥氏女既賢又習安其所見故去其父母而歸其夫不知其家之貧去其姆傅而事其姑不知爲婦之勞後二年三月胥氏女生子未逾月以疾卒享年十有七後五年其所生子亦卒後二十年從其姑葬于吉州吉水縣沙溪之山脩既感胥公之知己又哀其妻之不幸短

命顧二十年間存亡憂患無不可悲者欲書其事以銘而哀不能文因命無黨序其意又代爲哀辭一篇以弔胥氏因并刻而藏于墓當胥氏之卒也先生時爲西京留守推官實明道二年也其哀辭曰

清泠兮特絶之語言猶可記髣髴兮平生之音容不可求謂不見爲纔幾時兮忽二紀其行周豈無子兮久先于下土昔事姑兮今從于此丘同時之人兮顏獨予留顧生餘幾兮一身而百憂惟其不忘兮下志諸幽松風草露兮閟此千秋

揚氏夫人墓誌銘 同前

廬陵歐陽先生之繼室曰楊氏者故右諫議大夫集賢院學士楊公之女也楊氏遠有世德自漢至唐常出顯人故其繫譜所傳次序自震至今不絶公諱大雅以文學篤行居清顯號爲古君子先生嘗謂其學者焦千之曰楊公已殁脩始娶其女雖不及識公然嘗獲銘公之德究見其終始其行于已立于朝廷發于文章者皆得考次及楊氏之歸又得見公之退施于其家者皆可法也楊氏事其姑以孝而勤友其夫以義而順接其内外宗族以禮而和方其歸也脩爲鎮南軍掌書記館閣校勘家至貧見其夫讀書著文

章則曰此吾先君之所以樂而終身也見其夫食糲而衣弊則曰此吾先君雖顯而不過是也聞因其夫之俸廩食其月而有餘則必市酒具肴果于堂上曰吾姑老矣惟此不可不勉歸之十月以疾卒享年十有八實景祐一年九月也後十有九年從其姑葬于吉州吉水縣沙溪之山乃命千之序而銘其壙曰

其居忽兮而逝也遽其殁久矣一作多而悲如新一言以誌兮千萬歲之存

外集卷第十二

張氏墓銘　其先（惣本作張氏）荆門（荆作蔚）其家（一作居）益盛（益上有族字）嘗世家（嘗作當家上有名字）節之（無之字）跂墜（作跋墮）及其（作及見其夫）莫見（見作及）

謝賓客　魚袋（無袋字）

張司錄　山東（山下有南字）可兼（可作得）

先君墓表　皆無恨（一作皆無有恨）通州判官（石本瀧岡阡表作道州）歲取百千（百一作十）抱汝（文纂作劬汝）

吉綿本誤收天水尹府君及黄夫人墓誌銘乃尹師魯文在河南集第十五卷今删去